JUAN VILLORO
PALMERAS DE LA BRISA RÁPIDA

CRÓNICA

Derechos reservados
© 2008 Juan Villoro
© 2017 Almadía Ediciones S.A.P.I. de C.V.
   Avenida Monterrey 153,
   Colonia Roma Norte,
   Ciudad de México,
   C.P. 06700
   RFC: AED140909BPA

www.almadia.com.mx
www.facebook.com/editorialalmadia
@Almadia_Edit

Primera edición en Alianza Editorial Mexicana: 1989
Primera edición en Editorial Almadía S.C.: junio de 2009
Primera reimpresión: octubre de 2009
Segunda reimpresión: junio de 2013
Primera edición en Almadía Ediciones S.A.P.I. de C.V.: marzo de 2016
Primera reimpresión: agosto de 2017

ISBN: 978-607-97014-8-2

En colaboración con el Fondo Ventura A.C.
y Proveedora Escolar S. de R.L. Para mayor información:
www.fondoventura.com y www.proveedora-escolar.com.mx

Impreso y hecho en México.

JUAN VILLORO
PALMERAS DE LA BRISA RÁPIDA

Almadía

A Estela Milán
A Estela Ruiz
en la primera casa

ANTESALA

"¡DETENGAN EL LABERINTO!"

Juan Ruiz llegó a Yucatán a ver por qué los yucatecos comían tanta azúcar. Trabajaba para una compañía sonorense dispuesta a hacer grandes negocios con el apetito peninsular. En Progreso conoció a una muchacha que acababa de despachar a un pretendiente "porque fumaba cigarros rusos muy apestosos". Estela Milán pertenecía a una familia cuya buena reputación emanaba, no de sus blasones nobiliarios, como hubieran querido algunos de sus miembros, sino de sus sabrosos helados. A unos pasos de la estación del tren, la Nevería Milán ofrecía sorbetes y chufas. Durante años, la familia había probado su habilidad para confitar en frío, pero su verdadera aspiración era el *bel canto*. Estela Milán solía interrumpir los bailes para interpretar un aria, el codo apoyado en el hombro de su galán.

Juan Ruiz tomaba decisiones con la llana simpleza de quien es rústico y es español. Un día abrió la puerta de su choza en la sierra de León, vio la nieve en derredor, pensó en el trabajo que lo aguardaba en el corral de las ovejas y decidió irse al continente donde todas las frutas son posibles. En sus primeros años americanos "labró futuro" durmiendo en el mostrador que atendía por las mañanas. Sus penurias fueron tantas que aquel mostrador acabó por parecerle confortable. Varios años después había logrado reunir algún dinero. El salón de bailes de Progreso debió parecerle un recinto del imperio austrohúngaro y aquella muchacha que se abanicaba sin cesar, una princesa de Dalmacia (algo que ella no hubiera vacilado en aceptar). Ante Estela, sus mejores credenciales eran su acento español (en las raras ocasiones en que hablaba) y su "pinta distinguida" (una manera de decir que a pesar de su corta estatura y la calvicie incipiente, sus facciones alargadas sobresalían en los salones yucatecos donde abundaban las caritas pícnicas). Así como un día el aire helado cuajó en una insólita palabra, "América", así supo que viviría toda su vida con Estela. Nada mejor para un prófugo del frío que una muchacha para quien la nieve era algo que sabía a guanábana.

Yo los conocí muchos años después como mis abuelos. Su matrimonio tuvo el tipo de éxito que solían tener los matrimonios de entonces: no se divorciaron y no se hablaron en los últimos veinte años.

Vivíamos en el dúplex que mi abuelo construyó en Mixcoac y que era un ejemplo de su carácter; si el arquitecto decía que las paredes debían tener medio metro de espesor, él disponía que fueran de dos metros; no había manera de convencerlo de que no estaba edificando las murallas de Campeche. Y no sólo le molestaban las paredes de medio metro. En su caso, "estar de buen humor" significaba elogiar durante dos minutos a Rojo, el caballo de su infancia, o apiadarse de su único amigo, el señor Marañón, que tenía un trapo en la cara porque le habían quitado la nariz. No le entusiasmaba nada que no fuera beber café negro en una botella de refresco o morder bolillos durísimos. En esa época era idéntico a Fernando Pessoa, cosa que, por supuesto, todos ignorábamos. Sin embargo, a diferencia del poeta, lo permanente en él no era la depresión sino el enojo. De las muchas emociones simples de que dispuso en vida, el abuelo escogió la cólera para sus últimos años.

A veces, al ver que los jugadores de futbol americano se pegan en el casco para celebrar una jugada, pienso que los coscorrones del abuelo eran crípticas felicitaciones. Como quiera que sea, nada podía impedir que pasáramos la mayor parte del tiempo en la parte inferior del dúplex, la casa de los abuelos. Ellos sí tenían televisión.

—Chíquiti pollo, chíquiti pollo —decía mi abuela, y se pellizcaba el cuello repetidas veces, cuando el 7° de caballería liberaba a "los buenos". Ésta era su forma de decir "lero lero candelero".

Para nosotros Yucatán era la peculiarísima forma de hablar de la abuela. Sabíamos que venía de un lugar remoto y que varios de nuestros parientes habían muerto luchando contra México. Tal vez porque el abuelo no daba otros signos de vida que un bastonazo de ocasión, su patria no parecía tan lejana.

Mi abuela tenía una amplia memoria, siempre mejorada por su imaginación. Nos contó mil veces el bombardeo de Progreso (la familia corrió hasta Chicxulub y se refugió en una casa repleta de alacranes), la llegada del cometa Halley, la visita de Madero a Yucatán: el héroe la tomó en brazos en un parque, dijo "qué bonita niña" y le plantó un beso en la mejilla (para mi abuela, la Revolución había sido obra de forajidos, pero guardó un buen recuerdo del "pobre hombre" que la besó de niña).

Lo más interesante de sus historias era que estaban llenas de misterios insolubles. Todo lo que contaba de su abuelo, José Nicoli, era para demostrar que *no era negro*. Él había llegado de Honduras en compañía de su esclava, la futura nana de mi abuela... "Era un hombre de pelo crespo, boca amplia, algo morenito, pero no negro."

La ignominia máxima para una mujer consistía en no ser blanca (pronunciaba con tal énfasis que se oía *balanca*) y la siguiente (disponía de una vastísima escala de oprobios) ser blanca y "revolcarse con un turco".

Todos los días renovaba su decencia describiendo con lujo de detalle la indecencia de los demás. Si hubiera dicho "Fulana se fue con Mengano" jamás habría reparado en ello, pero cuando se refería a "¡ésa que se revuelca con los turcos!", me daban ganas de conocerla. La frase tenía una innegable carga sexual y hacía pensar en amores circenses, arábigos, magníficos.

Una tía abuela mía había sido raptada (y devuelta) en su juventud… "pero no por un turco", aclaraba mi abuela. La sangre árabe sólo le parecía recomendable para la cruza de los caballos a los que mi abuelo le apostaba los domingos.

Los apellidos de ciudades suelen señalar un origen judío sefardita y los Milán no debían ser la excepción, pero mi abuela había dado con un documento (perfectamente imaginario) que la vinculaba con Fernando VII. Vivía para ser blanca, decente y hasta santa. Cuando mi abuelo y yo regresábamos del hipódromo, nos informaba que alguien había ido a preguntar si ahí vivía la santa.

—Se conoce que están enterados —añadía, con un gesto de la más transparente vanidad.

—¡Esta mujer! —farfullaba mi abuelo.

Yo estaba de parte de la abuela. Era cariñosa, inventiva, maledicente y encontraba una justificación extralógica para cualquier cosa. Una de nuestras actividades centrales consistía en *sopear* panes en su café con leche (acaso por ese don yucateco para azucarar las cosas, el suyo sabía más rico que el de los demás). Cuando mi madre nos encontraba lamiendo las gotas que habían ido a dar a nuestros antebrazos, iniciaba una reprimenda:

—¡Qué porquería!

Entonces ocurría la fabulosa explicación de mi abuela:

—Si así lo hacen los americanos —y a continuación inventaba una película de gente refinadísima que *sopeaba* el pan, con un reparto avasallador: Ingrid Bergman, James Stewart, Grace Kelly y Humphrey Bogart.

–Pero ellos no se lamen los antebrazos.

–H'm. Se acabó –y las lágrimas fluían puntuales de sus ojos.

–¡Sí, hazte la víctima!

–Tienes razón –sollozaba–, se me figura que la Bergman no estaba en la película, sino Rita Hayworth –era imposible regatearle un argumento.

Mi abuela es la única persona que he visto llorar sin sentirme mal. Las lágrimas eran la exacta puntuación de sus historias. Me gustaba que contara el episodio del chocolate. En una época en que fueron muy pobres, su padre gastó sus últimas monedas en comprar un trozo de chocolate que tuvo que repartir entre sus siete hijos. La primera lágrima siempre caía en la palabra "trozo".

Pero su capacidad histriónica conocía momentos más intensos. Sus desmayos y sus ataques eran espléndidos. Sabíamos que los fingía, pero parecían tan verídicos que nos arrodillábamos a rezar mientras mi abuelo iba por el alcohol.

Mi abuela había querido ser cantante de ópera. Por suerte para nosotros su padre no la dejó; de lo contrario nos hubiera privado de las escenas que iban del árbol de hule en el jardín a la azotea donde recitaba un aria de fin de mundo hasta que descubría que no valía la pena lanzarse de algo que no fuera un castillo.

Esta pasión la llevó a incluirme en un drama:

–Te voy a costurar un trajecito –me dijo cuando le hablé con entusiasmo de la película *El Cid Campeador*.

Su inagotable capacidad de extravagancia también pasaba por la Singer. Había hecho títeres en forma de dedales, la familia *Tuch* (ombligo). Por desgracia he olvidado los parlamentos que le asignaba a los diez ombligos.

En el caso del Cid, nada le pareció más natural que yo llevara mis gustos castizos a la calle. Velamos las armas en el antecomedor y luego me habló pestes de los moros (un moro era un enemigo terrible, un turco histórico). Así, un día de gracia de 1964 salí a combatir moros a la calle de Santander, enfundado en un traje medieval, con cruz roja al pecho y espada de palo a manera de la Colada. Por una vez los indios y los vaqueros se unieron para destruir esa incoherente aparición.

Mi abuela quedó feliz con la escaramuza. Curó mis heridas con violeta de genciana, arregló el traje y se ofreció a confeccionar una cota de malla con un mosquitero. No soporté la idea de un nuevo enfrentamiento. Le hablé de los penachos indios y las afiladas botas de los vaqueros, con tal intensidad que se aficionó al rodeo. Ante la mirada disolvente de mi abuelo, la sala se transformó en un lienzo donde mi abuela toreaba perros de peluche.

—Lo más importante es el público —no podía iniciar una escena sin testigos suficientes; pasábamos la mayor parte del juego abarrotando la falsa chimenea de muñecos y mascotas.

Alguien tan hábil para contar descalabros ajenos debía tener una fuerte noción del qué-dirán. Y mi abuela la tenía, pero sólo abarcaba a los yucatecos. Si le llegaba una boleta de luz excesivamente alta, decía:

—¡Machis!, se me figura que me quiere perjudicar un yucateco de la compañía de luz.

En su mente, el pequeño mundo de Progreso se había trasladado a la ciudad para observarla. Sus actos seguían siendo tan comentados como cuando iba a la nevería o al teatro Melchor Ocampo. A juzgar por su recelo, Yucatán debía ser una sociedad de conspiradores. Si alguien le ofrecía presentarle a un paisano, exclamaba:

—¡Fo!, ¡a redo vaya! —que más o menos significa "fuchi, vete al diablo".

En cuanto a la familia, sólo entraba en su vida en forma de molestia. Su madre era una figura tiránica. Se acostaba en su hamaca, el único sitio donde estaba "comodita", a comer plátanos con leche y decidir la vida de sus hijos. A Florinda la destinó a la soltería: "Eres la fea, tú me vas a acompañar de vieja". Florinda desarrolló tal fobia a los espejos que gritaba si le colocaban uno enfrente. Ernesto, el hermano mayor, era malísimo, se comía todo el arroz de los años pobres "y ni siquiera engordaba". Este apetito sin provecho apenas era compensado por el humor "del pobre Gonzalo" (mi abuela no podía hablar de alguien bueno sin pobretearlo). Gonzalo murió joven y lo único que sé de él es la frase que dijo en una alberca: "Hago tan bien el muertito que hasta me empiezo a pudrir". Elvia tenía jaquecas todos los días a las cuatro en punto; se acostaba unos minutos antes, a esperar su hora de dolor.

La única amiga de mi abuela era la señora Villa, una italiana (sus elaborados prejuicios le hubieran impedido tratar a alguien que se apellidara como el Centauro del

Norte), casada con un ex piloto de Mussolini que se mantenía jovencísimo gracias a una dieta de miel.

Además de la señora Villa, Italia tenía otras virtudes: era el país de la ópera y no era España. Y es que la abuela había emprendido una cruzada antihispánica. Aunque el Cid merecía su aval moral para decapitar moros, los españoles del dúplex (mi abuelo y mi padre) sólo podían ser objeto de intriga. En aquellos días primarios, me convenció de que España era el país donde la gente no se cambiaba de camisa. Ella era fanática de la limpieza; los jabones que pasaban por sus manos cobraban otra consistencia, como si hubieran servido a un regimiento, y tenía no menos de tres polveras en servicio. El caso es que una de nuestras complicidades consistía en contar los días que mi padre llevaba con la misma camisa. Es obvio que alguien que creció en un internado jesuita, donde había que romper el hielo en el aguamanil para lavarse la cara, no podía tener la misma relación con el agua que una dama del trópico, pero mi abuela aprovechaba cualquier oportunidad para que la vida de la casa se volviera interesante, es decir, sospechosa.

Vivía rodeada de extranjeros. Mi hermana y yo éramos "mexicanos", y por más lástima que esto le causara, jamás hubiera pensado en compartir nuestra suerte. Mi madre nació en Yucatán, pero su vida estaba marcada por el estigma de los descastados: había empezado a fumar.

Todas sus ideas eran fijas: mi hermana Carmen y yo éramos perfectos, a pesar de que jamás lográramos cumplir una de sus más caras obsesiones: dibujar "un tucho nadando". El tema estaba a la altura de nuestros gustos estrafalarios, pero desperdiciamos cientos de crayones sin lograr que el simio nadara.

Cuando mi madre le dijo (llorando en serio, sin la menor teatralidad) que yo era sonámbulo y hablaba solo, ella respondió: "Cómo sufre el nené". Los culpables de mis defectos siempre eran otros, en especial mis insoportables amigos:

—¡Estos chiquitos sólo vienen a hacer laberinto! —se quejaba.

"Hacer laberinto" era hacer escándalo, lo cual dio lugar a una deformación que mi abuelo usaba para interrumpir el rodeo o algún aria de Verdi:

—¡Detengan el laberinto! —blandía el bastón sobre nuestras cabezas y mi abuela aprovechaba para desmayarse.

En los días de gloria, además de la televisión, la abuela nos dejaba ver sus cálculos del riñón.

—Cuidado con el *xix* —decía para que no tiráramos las migajitas (el sonido de la *x* equivalía al *sh* inglés), luego volvía a guardar los cálculos en un armario repleto de cajitas vacías.

El *xix* era una de las claves psicológicas de mi abuela.

—¡Mis platillos se gastan tan ligero! —decía en un tono de falso reproche—. No queda ni el *xix*, ahora, ¿con qué hago los *naches*?

La verdad sea dicha, le daba gran gusto que sus guisos despertaran en nosotros la legendaria voracidad de su hermano Ernesto. No tenía la menor intención de preparar recalentados *(naches)*, pero aprovechaba la oportunidad para demostrar que la cocina era una labor de sacrificio, extenuante, un capítulo más de su vida de santa que ninguno de nosotros valoraba (a diferencia de los vecinos de Mixcoac que iban a preguntar por ella en nuestra ausencia). Preparar guisos yucatecos es, en efecto, someterse a la tiranía del horno de tierra, las emblemáticas tres piedras del fogón maya o la estufa de gas que según la abuela hacía que la cochinita supiera a "lámpara de explorador". Pero en este caso la sumisión era voluntaria. A dos cuadras había una casa con un jardín donde despuntaban árboles de plátano. Veíamos las hojas en el camino a misa: verdes, bruñidas, capaces de despertar los antojos de la abuela.

—Se me figura que vamos a comer *dzotolbichayes* —comentaba por lo bajo. Ésta era la señal para que yo subiera a la barda (que a diferencia de otras muchas de la época no estaba coronada de vidrios rotos) y arrancara cuantas hojas estuvieran a mi alcance.

En la iglesia la veía rezar con devoción, tal vez arrepintiéndose de haberme inducido al robo. Yo ya sabía que los pecados se dividían en mortales y veniales. Desde entonces la cocina yucateca me sabe a pecado venial, al hurto de hoja de plátano compensado con avemarías.

Una vez que regresaba con las hojas bajo el suéter, la abuela se ponía a cantar *Una furtiva lágrima* o *Recóndita armonía* (ignoro por qué escogía partes de tenores para la cocina) y a sazonar con gustosos aspavientos. Lo que saliera de ahí (cochinita, pan de cazón, relleno negro, brazo de mestiza o espaguetis —con el más yucateco de sus condimentos—) sería un prodigio. La abuela se reconciliaba con Yucatán y con el abuelo por el paladar. Él había aprendido a pedir su frijol *cabax* y a rechazar el arroz *chenté*; comía con singular enjundia aunque su salud estuviera muy mermada. La mesa era la zona de armisticio y mi abuela la orgullosa artífice de esa *pax succulenta.*

Mi abuela le era fiel a los sabores y a un nombre de oro: Ricardo Palmerín.

—Es un trovador —me dijo un día, y me dejó en las mismas.

No teníamos discos de él y ella jamás cantaba sus canciones, pero pronunciaba su eufónico apellido con una admiración que resumía todas las serenatas de su juventud.

En aquella época yo acababa de inventar un héroe imaginario, el atroz Yambalalón, y estaba encandilado por los nombres. Alguien capaz de llamarse Ricardo Palmerín debía tener una voz magnífica.

Un día el señor Marañón llegó a ver a mi abuelo. Todos creíamos que Marañón moriría antes, pues el cáncer ya le había llevado la nariz. Tuvimos que decirle que el abuelo acababa de morir.

—¡Me cachis! —dijo, y escuché un ruido bajo el trapo que tenía en la cara. Los ojos se le llenaron de lágrimas. Pensé en cómo se suena alguien sin nariz y cerré los ojos antes de averiguarlo. Cuando los abrí, él iba llorando por la calle de Santander.

Es la última imagen que tengo de aquella casa. La muerte de mi abuelo y el divorcio de mis padres hicieron que nos mudáramos a un departamento en el que no había sitio para la abuela.

Ahora nos visitaba los fines de semana. Su lengua no perdía filo. Criticaba el cuarto de Carmen ("¡Aquí sólo faltan remos!") y ninguneaba a sus pretendientes ("¡Yo sí que salía con ese coconete!, pues señor, ¿qué ya no hay *homberes?*"). Sólo le gustaban las películas de amor pero detestaba las escenas eróticas. A partir de mediados de los sesenta fue casi imposible llevarla al cine. Al primer pezón gritaba: "¡Tápenle los ojos a los ni*n*ios!", y si una pareja se besaba en la oscuridad, decía "yo no pago para ver *esta* función".

También se dedicaba a dar consejos apocalípticos. Cuando tomé mi primer avión me recomendó que me sentara lejos de la cabina: "Si el avión se zampa sólo sobreviven los de atrás".

Aunque mantuvo una larga campaña contra los *hippies* (sus luchas siempre eran de largo aliento), cuando me dejé la barba y el pelo largo exclamó arrobada:

—¡Pareces un San José! —nada más humillante para alguien que buscaba más ásperos parecidos.

Mi primer amor platónico fue, por supuesto, una actriz yucateca. Vi todas sus telenovelas y tuve que soportar comentarios como éste:

—¿Pero cómo te puede gustar esa bisbirinda?

Una "bisbirinda" era alguien que andaba con cualquiera. Desde entonces, una de las enseñanzas más dolorosas de la vida ha sido descubrir, ante las muchas bisbirindas que me han gustado, mi imposibilidad de ser cualquiera.

La última vez que mi abuela actuó con energía estaba en la banqueta, aferrada al colchón de mi cama.

—¡Pero si abandona a su madre! —le gritaba a los de la mudanza, incapaz de comprender que me fuera de la casa sin casarme.

Por ese tiempo se le empezó a secar la boca, lo cual dio lugar a toda clase de aberraciones anatómicas ("se conoce que estoy escupiendo las escamas del cerebro"); hablaba cada vez menos, con frases de una vaguedad total que no dejaban de irritar a mi madre: "Pásame el comosellama que está sobre el negociante aquel".

Pasó sus últimos años en cama, en casa de mi madre. No volvió a hacer reproches. Entró en un delirio feliz donde tenía "catorce años entrados en quince" y donde yo a veces era "el nené" y a veces su hijo Ponchito. Le gustaba acariciarse con una esponja y decir "mi esponjita dura una barbaridad".

Podía morir en cualquier momento pero esperó seis años hasta la Navidad de 1985, el único momento en que no había nadie en casa: entonces tomó una de esas raras decisiones que tomaba en nuestra ausencia para hacernos ver que tenía una existencia paralela: pasó, como a ella le gustaba decir, "a mejor vida", al mundo donde los vecinos la creían santa y donde todos los muchachos le pedían que bailara un vals ("tengo el carné completo", contestaba altiva). Sus últimas palabras podrían haber sido: "Vámonos: Malecón y Colonia", la frase del conductor del tranvía de mulas de Progreso, que ella repetía al ir a cualquier lado.

La muerte, lo sabemos demasiado bien, tiene una poderosa capacidad recordatoria. Nos vestimos de negro para acercarnos a las cenizas del muerto y evocamos todos y cada uno de sus actos. No pude pensar en mi abuela sin sentir que mi infancia entera estaba escrita con sus ojos. Para ella, querer a alguien significaba convertirlo en personaje de la vida que vivía como una trama vastísima y no siempre verdadera. "La vida no acierta a terminar", me decía, como quien desea salir de una obra inacabable.

A veces la veo en sueños. Me habla en su lenguaje peculiar y opina cosas que aun para la lógica subvertida de los sueños son extrañas; recupero su infinita capacidad de intriga, su humor (no siempre voluntario), sus desplantes operísticos, las historias de turcos, esclavos, hombres buenos derrotados como héroes de Conrad y sátrapas envueltos en el lujo de la decencia. La vida no acierta a terminar.

ACERCAMIENTOS

Velocidad crucero: 850 km/h

En los antiguos viajes el medio de transporte era un primer acceso a la aventura: el barco a punto de zozobrar, el tren descarrilado, el asalto a la diligencia. Para quien viaja en avión, la única posibilidad de combinar el riesgo con la supervivencia es el aerosecuestro. Pero entonces el libro ya sólo puede tratar del secuestro. El rehén es un personaje excesivo que pierde interés apenas lo liberan. ¿A quién le interesa que luego visite una pirámide?

Cuando en 1988 me propusieron escribir un libro de viajes no me costó trabajo encontrar un destino emocional: Yucatán, el mundo de mi abuela y el lugar donde nació mi madre. Era increíble haber llegado a los 31 años sin recibir el sol en la península. Me entusiasmó tanto ir a ese "país dentro del país" que olvidé pensar en los retos literarios del asunto. Sólo hasta el día de la partida reparé en que los Grandes Viajes son testimonios del coraje: ahí están los cuadernos congelados de Scott y la caligrafía de Magallanes, modificada por la humedad del naufragio en turno. Aun en pleno siglo XX el viaje literario supone un singular arriesgue: Graham Greene a punto de morir de disentería en Tabasco, Frigyes Karinthy tomando notas con el cráneo abierto o Saul Bellow discutiendo todos los temas espinosos del Cercano Oriente. Así las cosas, un viaje a Yucatán parece demasiado plano. Como que faltan trincheras, enfermedades, zonas en disputa, el Ayatola iracundo, el terrible mosquito.

El único sobresalto antes de partir fue que Déborah, mi esposa, guardó las llaves del coche en su bolsa, es decir, las perdió. La bolsa femenina es uno de los lugares más dramáticos de las postrimerías del siglo. Lo que ahí cae se hunde como en un mar de los sargazos, entre espejitos, pinceles de tres tamaños, cepillos, papeles, media galleta, un silbato arbitral, cajitas misteriosas y pesos profundamente ahogados. No hay duda de que la tiranía masculina originó tanto enredijo de cosméticos, y el daño fue irreversible: no hay movimiento feminista que libere de esas diminutas zonas de confusión.

El caso es que revisamos 64 objetos en la banqueta hasta que dimos con las llaves. Déborah asumió el volante y empezó a cantar "Fin, Fin, Fin, insecticida Fin". Supongo que es lo que cantan los pilotos de pruebas en los momentos de crisis.

Me dejó en el aeropuerto con el tiempo justo para documentar mi equipaje y cobrar conciencia de mis zapatos de "vacaciones". En la sala de espera bajé la vista y por primera vez me sentí muy capaz de tocar la marimba.

Al viajar uno se lleva sus 206 huesos y todos sus gustos y repulsas. En ese momento en que la gente bebía cafés desteñidos en la sala de espera, mi mayor problema se llamaba John Lloyd Stephens.

En 1841, Stephens viajó a Yucatán en compañía del grabador Frederick Catherwood y escribió un libro prodigioso. Cualquier cronista posterior se siente como un *cocker spaniel* en la jaula de los tigres. Stephens estuvo a punto de naufragar en el Golfo de México, ayudó al doctor Cabot a hacer las primeras operaciones de estrabismo en la península (sin asepsia ni anestesia, por supuesto), presenció el estallido de la guerra de castas, descubrió grutas y ruinas hasta entonces sepultadas en la maleza (apenas veía un hueco, pedía una soga y una antorcha y se sumergía con impulsivo heroísmo). De las muchas cosas que vio, la que más le intrigó fue una pequeña mano roja que se repetía en grutas, templos, casas y pirámides. Acaso por ser una marca tan modesta, la mano roja le hacía pensar en la grandeza de los antiguos moradores de Uxmal, Labná y Chichén Itzá. Yo iba a viajar con la misma sensación de desmesura. Entre las manos rojas de los mayas siempre veía la sombra de Stephens.

Envidio a quienes no dejan de leer el *Excélsior* durante el despegue o se duermen antes de que se apague la señal de No Fumar. Desde un punto de vista técnico, yo estoy vivo, pero pienso que no merezco estarlo; caigo en abismos de culpabilidad en los que repaso mis actos más ruines y llego a la conclusión de que es casi necesario que el avión explote. Convencido de que ese boleto rumbo a la Nada es el justo pago por una vida errónea, empiezo a documentar el accidente: pienso en la tuerca fatal que el mecánico menospreció por agacharse a tomar un trago de Titán.

Mi mente es un salón de clases del que jamás me graduaré. Hasta este momento sólo se han expresado los *mataditos* de la primera fila. De repente todos los demás reclaman entre una flotilla de avioncitos de papel: "A ver cómo le haces pero nos sacas vivos de aquí". La idea de supervivencia cobra mayoría. Empiezo a buscar motivos de esperanza para calmar mi salón alborotado. ¡El correo aéreo! Sí, cada carta es un avión que no ha caído. Millares de cartas ribeteadas en verde y rojo o rojo y azul se agolpan en mi mente; han llegado ahí como un triunfo de la aeronáutica. También el avión *Toluca* debe tener el vientre lleno de cartas que llegarán a manos como las que ahora luchan con el celofán del desayuno.

¿Es posible humanizar esa vida tan despegada, envuelta en fuselaje, donde muchos desconocidos hojean revistas que promueven playas fabulosamente lejanas? Sí, pero esto sólo empeora las cosas, y es que no hay nada más humano que los restos: el hombre de negocios que reconocieron por una placa dental, el escritor del que sólo quedó un zapato, la carta de amor incinerada que no recibirá Mónica Chablé Chen. Por si fuera poco, la historia reciente de nuestra aviación no anima a nadie. En 1984, una avioneta se desplomó en pleno San Juan de Letrán, apropiadamente cerca de la exposición "Los surrealistas en México"; aunque no hubo muertos, por nada del mundo quisiera ser el vendedor de jugos que recibió un ala calcinada sobre sus naranjas. En 1987, un avión con 18 caballos a bordo trató de aterrizar en la carretera a Toluca y sólo logró el infausto récord de ser un desastre hípico, automovilístico y aéreo. Las colisiones a la mexicana prometen insospechadas variantes; "acostumbrarse a volar" significa resignarse a aterrizar sobre una manada de cebúes. Así, en mi balance interno hay tres niños dispuestos a morir por pecadores y veinte que gritan "si me muero te parto la madre y cuidado con que se pierda la maleta".

Una vez que se balacea al primer asaltante de caminos, el siguiente punto de interés en los viajes (en los Grandes, se entiende) es el encuentro decisivo. Casanova sube a una diligencia y cuál no será su sorpresa al ver a su paisano Lorenzo da Ponte, quien tiene un problemilla con el libreto sobre Don Juan que le escribe a Mozart. Casanova le da excelentes *tips* y el viaje se vuelve historia. En una época anterior a las agencias de prensa los viajes de veras ilustraban. La aburrida ciudad de Potsdam se volvió interesante cuando Voltaire se alojó en el castillo Sanssouci. Las celebridades eran sitios de interés. Hoy en día, si uno se llama Oriana Fallaci, viajar significa visitar a un conflictivo jefe de Estado, pero el pasajero común del *Toluca* de Mexicana de Aviación tiene que conformarse con lo que encuentre al lado, que en este caso fue un policía holandés.

Traté de hablar del partido Eidhoven-Real Madrid, pero él desvió la conversación a la cultura maya. Era un experto en la ruta Puuc. Me habló de Tatiana Proskouriakoff y me hizo preguntas sobre los glifos mayas que por supuesto no pude responder.

El *Toluca* descendió sobre la península sin otra avería que la incierta clasificación que empezaba a cuajar en mi mente (la policía europea, tan brutal en las manifestaciones anti-nucleares, sueña en códices mayas). Por fortuna el perfecto aterrizaje del capitán Hidalgo me devolvió a la realidad.

Una bocanada de calor me recibió en la escalerilla. Mis zapatos rutilantes se encaminaron al suelo yucateco. Tierra firme, el paraíso donde los aviones se vuelven cartas.

CUARTO 22

Cuando el hotel se llama "posada" se pueden esperar dos cosas: un local modesto, que ha soportado los años con nobleza (lo viejo nos parece "casero") o una inmensa fantasía colonial, es decir, lo más cerca que se puede estar de la Nueva España con paredes de tabla-roca. Por suerte, la Posada Toledo pertenece al primer género, el tipo de lugar donde siempre son más los huéspedes permanentes que los eventuales.

El patio interior está cubierto de una curiosa variedad de enredadera, repleta de lianas. Una gata gris salió de la espesura y caminó blandamente hacia el porche. Pasé por primera vez frente al tapiz donde un moro no acababa de raptarse a una doncella.

El encargado hablaba por teléfono. Me tendió una forma de registro y continuó:

–Urge que vengan: otra vez nos está invadiendo la cucaracha.

Esta frase me infundió un valor meramente literario. "¡Que vengan las cucarachas, una crónica del trópico debe tener cada alimaña en su lugar!"

Luego anoté la profesión que usurpo desde hace años para llenar cuestionarios: "Periodista". "Escritor" huele a pipa apagada, apotegmas de dispéptico, edición intonsa, dedo ensalivado, pantuflas rancias.

El 22 es la suma de los dos números sagrados de los mayas, el 9 y el 13, una suerte que me tocara ese cuarto; pero adentro las hormigas amarillas circulaban muy orondas, sin pensar en sacrilegios.

–Soy Roque. Ya sabes, pa' lo que se te ofrezca –dijo el mozo, con una sonrisa de tres dientes de oro.

En la pared había dos reproducciones de los grabados de Catherwood, una vista de Uxmal y el arco de Labná; también el cuarto 22 estaba presidido por aquel viaje extraordinario. Según todas las probabilidades, yo visitaría Yucatán sin operar a nadie de estrabismo ni descubrir sitios arqueológicos; pero si la aventura era imposible, al menos podía viajar sin hacer "turismo".

Para quien viaja en grupo, Yucatán es el avión, el Holiday Inn decorado con los mejores muebles de plasticuero y terciopana, la cafetería que ofrece la jugosa hamburguesa con tocino y queso amarillo, el camión con aire acondicionado para ir a las ruinas, es decir, todo lo necesario para que uno se sienta como en Florida sólo que con pirámides.

Para un mexicano, las cadenas hoteleras difícilmente son "hogareñas" (aún no existe el emporio que disponga de vírgenes de Guadalupe, colchas de peluche y sillones forrados de hule para que el huésped sienta que Suiza es como la colonia Narvarte sólo que con vacas pintas). Esto ha creado un arquetipo aún peor que el del norteamericano que busca su casa en todos sitios: el viajero para quien el hotel es una civilización inagotable. ¿Cuántos mexicanos no han pensado que el único defecto de Perisur es que no tenga cuartos disponibles? El turista consumidor viaja a hoteles que son fascinantes almacenes y evitan la molestia de exponer la nariz al aire libre.

Me dio gusto que mi posada no figurara en una guía turística que opina de los hoteles lo mismo que el Partido Republicano opina del país: *excellent value, but service a little offhand.*

Bajé a hablar por teléfono. Tenía el número de unos familiares lejanos, pero sabía muy poco de ellos, personas un tanto míticas, recreadas por la no muy verídica memoria de mi abuela. Algunas no eran más que una frase. ¿Qué le podría decir a los descendientes de Gonzalo?, ¿que a principios de siglo nadaba muy bien de muertito?

Preferí llamar a los conocidos de mis amigos, aunque sus recomendaciones no podían ser más vagas: "Velo, está loquísimo". En Mérida, las nueve de la mañana es demasiado tarde para dar con alguien. No encontré a la "chica monísima". Me resigné a marcar el número de alguien descrito como "un maestro muy neto". El teléfono sonó dos veces. Decidí que él tampoco estaba en casa.

PASEO EXPRÉS

Salí a caminar y las calles numeradas me hicieron pensar en una lotería. Mis sueños pasarían en la esquina de la 57 y la 58; era difícil no sentir que le estaba apostando a esos números.

Había dado tres pasos cuando un hombre me tendió una hamaca. Quería vendérmela pero no alabó el precio ni el bordado; el calor aconsejaba ahorrar palabras. En Mérida mayo es un mes que se cuece aparte, hace tanto sol como en un verso de José Luis Rivas. Caminé en un aire que ardía en los ojos abultados por la desmañanada. Vi algunos mirajes del calor: una mancha de aceite vibró en la calle de mica, una calesa se disolvió en la nube de diesel de un camión. Llegué a una plaza que olía a estiércol y plantas, como una huerta confundida en la ciudad. En la esquina, el *Diario de Yucatán* hablaba de la peor sequía en quince años. Mayo es el mes de las horas lentas y la lluvia atrasada; el clima no avanza, se perpetúa en su inmovilidad. Un cielo sin nubes, distraído, con el santo en otro cielo. No pasa nada. ¿El trajín de la ciudad? Nada, un paréntesis en lo que el cielo se desploma en forma de agua.

A las diez de la mañana la calle estaba llena de guayaberas, rostros redondos y cuerpos compactos de boxeadores mosca. Ignoro si el reglamento de la policía exige que sus miembros midan metro y medio, pero en todo caso es difícil encontrar uno más alto. Hay algo tranquilizador en una ciudad resguardada por gente chica. Vestidos en color canela, los policías no muestran otro interés que atestiguar el paso de los coches.

Mérida tiene camiones de antes, narigones, una honesta protuberancia llena de fierros que sueltan humo. También hay minibuses aplanados, con el motor en alguna entraña, pero en el Centro sólo vi vejestorios. Estuve a punto de tomar uno para descontar la última cuadra a la Plaza Grande.

La catedral es un prodigio de las piedras claras. A esa hora no hay que buscar relieves ni detalles; la fachada está demasiado ocupada absorbiendo luz, una hoguera esculpida, un macizo auto de fe.

Crucé la calle hacia la sombra de un laurel. De nada me sirvió estar quieto; el sudor me bajaba a chorros por la cara. Seguí caminando para generar la mínima brisa que despejara mis facciones.

El cielo siempre es más azul para alguien que viene del D.F. Vi una nube temblona, deshilachada por un viento que no se alcanzaba a sentir allá abajo. Entonces se me acercó un vendedor de hamacas. ¿Quién, si no un fuereño, podía ver el cielo como una función inagotable?

El calor había convertido el desayuno del avión en algo magníficamente sólido, como si me hubiera tragado un anillo virreinal. Tal vez mi cuerpo indigesto fue el culpable de que la casa de Montejo me pareciera una reunión de trogloditas.

La conquista del Adelantado Francisco de Montejo continúa hasta la fecha. Una avenida, un colegio, una cervecería, un local de fiestas y cinco hoteles llevan su nombre. Sin embargo, su casa de la Plaza Grande es una plateresca venganza indígena. El diseño del edificio es español pero la ejecución fue encomendada a artesanos indios que retrataron a los conquistadores como torvos cavernícolas; las cachiporras de piedra y la figura subyugada por el peso de la bárbara conquista, son una burla semejante a los cuadros de Goya donde sus borbónicos patrones aparecen con quijadas prógnatas y miradas de imbecilidad absoluta.

Un banco ocupa la antigua mansión del conquistador. Anticipé un delicioso aire acondicionado. Desgraciadamente los bancos tienen nociones muy precisas de la temperatura de negocios y enfrían su aire a nivel lumbago. Casi fue un alivio volver a la canícula de mayo.

Entré al Museo de la Ciudad, un hermoso edificio colonial que alberga una colección de siete objetos. Después de dieciséis años de combatir a los mayas para conquistar una tierra sin oro, los españoles bautizaron las calles como si prosiguieran la batalla. El Museo conserva la placa que señalaba la esquina de Imposible y Se Venció.

Los viajeros aéreos llegan con tobillos de paracaidista. Ya no sabía adónde conducir mis pasos inseguros. Regresé, sintiéndome progresivamente turista. Había caminado con la prisa de otra ciudad; ningún propósito tropical requería esa desmesura. Pensé esto al ver los pasos económicos de los demás paseantes. ¿Adónde podía conducir mi empapada celeridad? A comprar hamacas. Al menos esto juzgó el tercer vendedor que me salió al paso.

En el Café Express bebí tres vasos de agua, ignorando lo que recomiendan los manuales de supervivencia. "Qué ligero bebes –me decía mi abuela–, se conoce que estás mal de los nervios". Mi consumo de servilletas fue aún más desequilibrado. Unos diez trozos de papel fueron a dar a mi cara y mis antebrazos. ¡Qué estupidez ir a Mérida en mayo!, ¡pero si el calor es algo típico, como la nieve en Rusia! Sostuve este diálogo hasta que la suave corriente que caía de los ventiladores mitigó mis preocupaciones. Pedí un café; el lugar fue ganando mi atención. El Express es un sitio de regular tamaño, pero sus veinte mesas dominan la vida de la ciudad. La gente que pasa por la calle saluda a los parroquianos, algunos entran a dar recados o arreglar un asunto. En ese momento había dos tertulias principales. A mi izquierda, un grupo de comerciantes de guayabera hablaba a voz en cuello sobre créditos y política; a mi derecha predominaba la mezclilla deslavada y se repetían ciertas palabras talismán: "un tucán loquísimo", "fe-lli-nes-co", "bien kaf-kiano".

Las conversaciones se cruzaron en mi mesa. "¿Ya saben el nuevo del gobernador? Es el Torpedo: torpe de día, pedo de noche", gritó un hombre de guayabera y bigote atildado. "Puta, qué surrealista", dijo una muchacha de playera color betabel. De cuando en cuando, un camión borraba todo con su estruendo de diesel. El café del Express suena como su nombre; es imposible alzar la taza sin oír motores de explosión.

Un día antes de salir de la ciudad de México alguien que me conoce demasiado bien me dijo:

—Para ti el viaje ideal es irte a aplastar a un café.

Y ahí estaba en mi primer día de viaje, aplastado en el Express. Pedí otro café, esta vez en vaso, como el que le acababan de servir a un tipo con gogles de buzo en la frente y pintura de aceite en los dedos. Podría viajar de un café a otro para mirar desconocidos, leer noticias del diario local que no me competen, dejar que las voces ajenas formaran en mi mesa un golfo de palabras sueltas. El gran atardecer, el museo definitivo, el pájaro fabuloso y la boutique exquisita no me interesan tanto como las horas de café, que consisten básicamente en perder el tiempo. El viajero sentimental, al contrario del explorador o del turista, deja que sea la vida la que se ocupe de las sorpresas.

Me reconcilié con mi inmovilidad —la mesa como horizonte feliz, sin consecuencias ni propósitos— pero sólo para recordar que no estaba ahí por gusto. Supongo que el escritor de raza siente un pálpito que lo obliga a sacar la pluma y usar la primera servilleta a su alcance. Yo no sentía la menor urgencia de decir algo. Traté de concentrarme. Algunas personas solitarias sorbían sus cafés de cara al techo. Pensé que el lugar se dividía en dos grupos extremos: el bullicio de las tertulias y los hombres solos. Pero el cronista va demasiado rápido, distingue un arquetipo antes que una gente, sospecha, como Gómez de la Serna, que cada cosa es estuche de otra cosa: el tenedor es la radiografía de una cuchara.

Hasta ese momento la gente que me rodeaba no era nadie. Cuando mi abuela decía "no es nadie" se refería a alguien que no tenía una relación precisa con ella. Había vivido rodeada de "nadies" y "unos". Yo quería lograr el tono opuesto, una voz confianzuda, capaz de que todos los comensales se cruzaran en mi servilleta de papel. Pero el café había caído en un torpor espeso, sin más signos vitales que el ronroneo de los ventiladores o el acento metálico de alguna cucharita. "¡Un suceso para mi pluma!", reclamaba el viajero del segundo café, a quien ya no le bastaba estar a gusto.

De repente fue como si un gallo secreto cantara en el lugar. Todo mundo se espabiló, algunos se frotaron los ojos, el bullicio regresó a las mesas. También llegó un tipo de gruesos mostachos, camisa floreada y brazalete a quien llamaré el Bucanero. Tenía la evidente intención de fondear en la mesa de unas turistas. De las cuatro norteamericanas, dos eran del género roñoso: chinelas con arena, camisetas de basquetbolista (continua demostración de que las navajas no visitaban sus axilas), involuntarias trenzas de rastafari, cajitas de petate para los cigarros y una bolsa de hule para los dólares (bastantes). Las otras dos no parecían tener mayor relación con ellas que ser compatriotas y compartir la mesa del café. Se habían arreglado con el esmero de quienes piensan que todos los países extranjeros están de *Halloween*: camisas de la India con espejos, negritos de ébano colgando entre los senos, rebozos con la gama entera de los colores guatemaltecos, palitos japoneses cruzados en equis en el pelo, suficientes agujeros en las orejas para soportar plaquitas egipcias y tirabuzones tal vez orientales.

Aunque el Bucanero conocía a las cuatro, parecía más interesado en las chicas con fantasía decorativa (que sí usaban brasier y procuraban hablar en español). En eso el tipo con los gogles de buzo se acercó a la mesa y ofreció su mano pintada al óleo. Las de camiseta de basquetbolista lo saludaron displicentes; las del disfraz multinacional con admirativa precaución, como si los dedos fueran un Jackson Pollock.

¿Cuántos ligues semejantes estarían ocurriendo en los cafés y los portales del país? Era difícil no ver a esos ultralatinos con ojos de D. H. Lawrence, Malcolm Lowry o Carlos Fuentes: se reían como mexicanos, miraban como mexicanos, ligaban como mexicanos, sus pies ya se mezclaban con las sandalias arenosas y las alpargatas griegas; para seguirlos viendo hubiera sido necesario cambiar de pasaporte; eran tan insoportablemente mexicanos como zapatistas con ates de Morelia en las cananas.

Desvié la vista a la derecha y di con una muchacha de pelo castaño, cortito y aborregado, absorta en la lectura de un libro. Para ella no existían los afanes de las otras mesas. Tampoco el calor; parecía rodeada de un clima que sólo a ella concernía. El chocolate le había dejado medias lunas en el labio superior; sin dejar de leer, lamió el dulce rescoldo con la punta de la lengua, su pie descalzo jugaba con la sandalia, su mano con un cairel sobre la oreja. ¿Quién ignora que esos gestos mínimos han sido causantes de la guerra de Troya y la literatura entera? En este caso, sin embargo, dieron lugar a algo menos épico: traté de averiguar qué leía. Vi su nariz pequeña durante uno o dos capítulos hasta que pidió la cuenta y alzó el libro, con letras amarillas en el lomo: *Yucatán*. Hasta entonces yo entretenía la esperanza de que no fuera extranjera, ¿pero puede haber algo más irreal que una mexicana que viaje sola? La soledad es un caso de alarma para las mexicanas. En los restoranes de lujo van juntas al baño, en las reuniones se arremolinan en torno a las galletas con paté, en las escuelas deambulan en apretadas flotillas. Como para justificarme, se dirigió al mesero en un español deliciosamente incorrecto. Pagó la cuenta, arregló sus cosas con una prisa que en las mujeres jóvenes siempre asocio con el futuro, con destinos impetuosos, llenos de decisiones definitivas, y se disipó en la luz del mediodía.

Entre tanto, los comensales de mezclilla y los de guayabera habían salido del café. También en la mesa del fondo las cosas eran distintas. El Bucanero se fue con una rubia deshilachada (la otra desapareció sin que yo lo advirtiera). Los vi subir a un boogie amarillo estacionado en el parque de enfrente. El buzo, para su desgracia, había quedado a la deriva y era víctima de una lectura de poesía. Por lo visto, la compleja imaginación de las viajeras no se detenía en su atuendo. Ahora se alternaban para leer poemas mimeografiados. El buzo frotó los gogles en su cabeza mientras las poetisas leían con rostros emotivos, es decir, desfigurados. No disponían de noticias alegres. El galán lo comprendió demasiado tarde y alzó un brazo excesivo, como para salir a flote. El mesero le llevó la cuenta y una sonrisa de compasión. Ya sobre la acera, la mano colorida se agitó de prisa. Las lectoras apenas lo notaron. Cuando salí del café seguían abismadas en sus creaciones.

Así transcurrió este primer paseo. Había visto un ligue y un romance fracasado, una belleza evanescente, algunas fachadas abrasadas por el sol. Seguía sin conocer a nadie pero ya me sentía capaz de adentrarme en los vericuetos de la ciudad. En eso estaba cuando me volvieron a ofrecer hamacas.

LOS AEROPLANOS
DEL CALOR

De la Casta Divina a la Casta Beduina

Ciertos calificativos cuestan más trabajo que otros. Para que una ciudad mexicana sea "heroica" tiene que haber sufrido al menos una flagrante derrota ante las armas extranjeras; para que sea "hermosa", basta que el Centro y las diez calles que lo circundan sean estilo colonial (el resto puede ser horrendo o, como en el caso de Mérida, simplemente anodino). Con algunas excepciones (Guanajuato, Zacatecas), las ciudades mexicanas crecen para negar su centro, se desparraman en un sinfín de loncherías y talleres mecánicos hasta llegar a las colmenas de los obreros −un vasto homenaje a los tinacos− y, en el extremo opuesto, a los chalets de los ricos −que lucirían más alpinos sin marcos de aluminio en las ventanas.

Mérida tiene dos zonas de esplendor, el Centro, construido en la Colonia, y el Paseo Montejo, vestigio del auge henequenero. Me senté a tomar una horchata bajo un flamboyán en una animada cafetería del Paseo. El barullo de las otras mesas me hizo sentir al margen –las dos sillas vacías eran una forma del fracaso– hasta que recibí a la visitante de los desolados: la conciencia histórica. ¿Quién piensa en civilizaciones cuando tiene amigos? Jamás me he acordado de los sumerios en una reunión, pero ahí, en la mesa menos viva de la cafetería, repasé mis ficheros yucatecos.

A principios de siglo, en una época dichosa donde no había nylon, los barcos del mundo entero se ataban y desataban gracias a Yucatán. La venta de millones de cuerdas de henequén regresó a Mérida en forma de mansiones palaciegas, mosaicos de Italia, sillas de Austria, emplomados de Francia, cristal esmerilado de Bohemia. La burguesía henequenera de veras se aficionó a *lo bonito* y edificó casas con mansardas en un lugar que, al menos en la presente era geológica, no conocerá la nieve.

La visita de Porfirio Díaz en 1905 aún se recuerda por los fastuosos convites que acarreó. Entre otras cosas se logró evitar que el presidente viera los vestigios mayas. Si tenía ganas de ruinas, para eso había diseñadores que podían hacerle una griega. Así, el Partenón amaneció a la vera de un cenote; gruesas columnas dóricas de yeso sostenían el letrero: "Sé ático o retírate". En aquellos tiempos "ser ático" significaba cerrar los ojos cuando el látigo del capataz caía sobre la espalda de un indio ("el maya oye por la espalda", rezaba un dicho) y abrirlos justo en el momento en que la víctima besaba la mano del verdugo. Los superáticos de plano preferían no conocer sus haciendas. Una clase tan excelsa merecía otro mote que el de "gente rica". Los cincuenta reyes del henequén se autoproclamaron la Casta Divina.

En 1908, el periodista norteamericano John Kenneth Turner logró ser aceptado en la rigurosa sociedad del Paseo Montejo. El mercado del henequén se había desplomado y nada podía ser más bienvenido que un inversionista extranjero (Turner fingió ser un hombre de negocios tan próspero que estaba dispuesto a sufragar causas perdidas. Su intención real era adentrarse en el último bastión del esclavismo mexicano). En sus primeros días yucatecos admiró estatuas en fragantes jardines y conversó con mujeres hermosas sobre los sombreros parisinos, la temporada de ópera en Nueva York y el aeronauta José M. Flores, que había recorrido el cielo de Mérida en un elegante globo aerostático. Los hacendados le hablaron del henequén como si se refirieran a un arriesgado ajedrez. Aquel mundo hipercivilizado parecía negar la esclavitud tanto como la Constitución mexicana. A las pocas semanas, después de conocer la agonía de los peones, escribiría en su diario: "Comparada con Yucatán, Siberia es un orfelinato".

La península es una auténtica prueba de fuego para las razas del calor. Hoy en día, los ganaderos cruzan cebúes de la India y Brasil en busca de una especie que resista el clima. En la época de John Kenneth Turner, los hacendados también experimentaban con las razas: la elevada mortalidad de los mayas los llevó a traer esclavos del desierto yaqui y las selvas coreanas.

Los blancos que no formaban parte de la flor y nata de la sociedad yucateca tenían que conformarse con ser decentes. Mi abuela pertenecía a una de esas familias que imitaban las maneras y carecían de los medios de la aristocracia del henequén. La diferencia entre los Milán y los Molina no sólo estaba en la *o* del apellido, sino en que unos tenían una nevería y los otros seis millones de hectáreas. En aquel mundo caluroso pocas cosas podían ser tan extraordinarias como una familia que transformaba sus esfuerzos en helados; sin embargo, mi abuela se había tragado la *o* en alguna horchata y hablaba como hacendada. Era racista al punto de burlarse de mí por decirle "señor" a un mesero: "¿De cuándo acá los morenos son señores?" La *gente decente* era la infantería de la Casta Divina. No es de extrañar que los mayas odiaran a los blancos por igual. En la masacre de Valladolid su grito de guerra fue: "¡Maten al que lleve camisa!"

Hay muchas maneras de amargarse la vida y una de las favoritas del viajero es pensar en la historia de los lugares que visita, en los hechos de sangre y oprobio que justifican los palacios. Saqué mi libreta para cerciorarme de las fechas de la dilatada guerra de castas: 1847-1901. En eso estaba cuando el tema se presentó a la mesa. Un huipil multicolor entró a mi campo visual. Alcé la vista y me quedé absorto ante unos ojos apacibles: una mujer me veía como si dar y recibir fueran actos equivalentes; de no ser por la vacía cuenca de su mano, su mirada hubiera sido la de alguien que otorga una dádiva. Deposité una moneda en la mano áspera, que parecía haber vivido muchos años más que el rostro delicado y fresco. Se fue sin decir palabra. En Yucatán la limosna es una insidiosa manera de recordar la guerra de castas: el tatarabuelo de esa mujer araba la tierra en Tekax, el mío en Teruel, eso era lo que explicaba mis cien pesos regalables. La mesa se había cubierto de rojas flores de flamboyán; el árbol se encendía al compás de las ideas. Desvié la vista al Paseo Montejo. Las calesas recorrían la avenida a la sombra de frondosos ramones y flamboyanes. Las mansiones se alzaban con garbo aristocrático; una o dos estaban abandonadas, cubiertas de plantas, de flores lilas y rosadas que reforzaban la delirante elegancia de sus cornisas y capiteles. A 40° C a la sombra, las mansardas soñaban con la nieve.

El Paseo tiene un aire extravagante y señorial a pesar de que las casas solariegas alternan con comercios cúbicos. Por alguna razón insondable, a mediados de siglo los seguidores de la escuela Bauhaus decidieron que lo más fascinante de la aventura humana era que podía ocurrir en una maqueta. Las ciudades del mundo se llenaron de construcciones tan prefabricadas como la Librería de Cristal y la agencia de Mexicana de Aviación del Paseo Montejo. El Consulado norteamericano tiene otra forma de ser cuadrado; es imposible verlo sin convencerse de inmediato de que todos sus muebles deben haber sido comprados en Sears.

El hombre de fin de siglo puede contrarrestar la uniformidad si dispone de suficientes millones para que su casa parezca todo menos una casa. Quien haya visto las alhambras de Tecamachalco y los ovnis con vidrios *pola-*

roid aterrizados en Bosques de las Lomas, difícilmente se atreverá a criticar el gusto de los nuevos ricos de Mérida. El Paseo Montejo desemboca hacia el norte en colonias prósperas de gran discreción, si se piensa en lo que el dinero ha ocasionado en la ciudad de México. Es cierto que las columnas dóricas no son ideales para colgar hamacas, pero el visitante del D.F. puede pasar por alto estos detalles. El único exceso cuestionable es el uso del arte maya. Los toltecas no fueron los últimos en retocar las moradas del Mayab. Ya hay algunas casas Maya-Provençal: el arco triangular soporta una mansarda con ventanas de ojo de buey. El estilo Greco-Campestre-Maya puede ser libremente imaginado por el lector.

La arquitectura me hizo ir del Paseo Montejo a colonias que aún no visitaba. Desde que Joyce agobió a Leopold Bloom con un día que no resistiría ni un medallista de decatlón, la literatura sólo es moderna si tiene un desorden temporal. Volvamos al anticuado tiempo lineal.

Había dejado el periódico en el hotel y fui al puesto de la esquina a comprar otro. Pedí el *Diario de Yucatán*.

—Ya se gastó. Sólo queda *Novedades*.

—No, gracias.

Entonces el vendedor sacó un ejemplar del *Diario de Yucatán* escondido en el altero de *Novedades*. Los 60,000 ejemplares del *Diario de Yucatán* se agotan siempre y sus artículos se discuten obsesivamente en las tertulias de los cafés. Los voceadores tienen que decir que no les queda el *Diario de Yucatán* para vender el *Novedades* o el *Diario del Sureste*.

Pedí otra horchata mientras el *Diario de Yucatán* me comunicaba con un sinfín de esquelas. Había muerto Salomón Dámaso Mena Abraham.

En el camino del aeropuerto al hotel, me sorprendió que un supermercado se llamara San Francisco de Asís.

—Es de un turco —me informó el taxista—. Aquí no dejamos entrar a Comercial Mexicana ni a Aurrerá ni a Superama.

Me interesó aquel revoltijo. El taxista se distanciaba del magnate llamándolo "turco" (que a su vez se distanciaba de su origen poniéndole San Francisco de Asís a un supermercado), pero estaba orgulloso de que las cadenas "mexicanas" no hubieran llegado a Yucatán.

Las esquelas informaban del parentesco exacto —hermano, padre político, primo hermano, primo— que el fallecido tenía con los gerentes generales, presidentes del consejo de administración y ejecutivos de La Yucateca, Katy's S. A., Novedades Tony, Manufacturas Finas RAVGO, Mármoles y Canteras de Yucatán, Bordados de Yucatán, Grupo Mejor, Casa Achach, MOSUSA, Grupo de Tecnología Alternativa, Autotal, Banco Mexicano SOMEX. El poderío económico de la familia Mena Abraham era tan vasto que casi parecía un acto de ternura que también controlara Guayaberitas de Yucatán.

Entre las esquelas, el periódico anunciaba una cena de beneficencia en el Deportivo Libanés. Se subastarían las más regias antigüedades. Después del colapso henequenero, la porcelana de Limoges y los bibelots cambiaron de manos. Los árabes son los reyes del comercio, es decir, los dueños virtuales de un estado donde la industria, la agricultura y la ganadería son casi inexistentes. Desde la Feria de Flandes, el éxito del comercio radica en que haya un extenso trafique con una baja inversión; los mercados son siempre provisionales, si se acaban los clientes... a levantar el tianguis. "En cuanto venga la crisis, me largo a otro sitio", me diría un descendiente de árabes. En Yucatán, "otro sitio" casi siempre significa Miami.

Mi abuela, tan preocupada de que sus amigas sucumbieran a las intensas miradas de los turcos, sin duda codiciaría estas arábigas fortunas. La Casta Beduina ha comprado su prestigio y hoy en día se habla de ella con respeto, incluso entre los descendientes de la otra casta. El arquitecto C. pasó una hora elogiando árabes mientras yo veía la más fidedigna herencia del pasado en la sala de su casa: un enorme *collage* hecho con boletas de compraventa de esclavos.

PAISAJES DE LA MENTE

Como aconseja la anatomía, llevé mi cabeza a todas partes. Sin embargo, a causa del clima, no siempre estaba muy seguro de lo que veía.

Las cosas dejaban huellas blancas en mi mente que sólo se revelaban después, bajo los ventiladores del café.

En sentido fisiológico, la cabeza existe cuando necesita una aspirina; en sentido filosófico, cuando produce el fogonazo de las ideas. El patrono de los pasajeros de las zonas tórridas debería ser San Dionisio: uno siente que lleva la cabeza entre las manos, como una cámara de imágenes lentas.

Los ventiladores del café me recordaron la imagen definitiva de Huidobro: "aeroplanos del calor". Bajo su aire, la ciudad avasallada por el sol se iría recuperando en un álbum de imágenes dispersas.

LAS CARAS DEL ESPEJO

El cuarto 22 tenía dos espejos, uno iluminado por una barra de luz neón y el otro por una bombilla de 60 watts. El primero estaba en la recámara: al despertarme encontraba un rostro de una desdibujada palidez, recién emergido del cenote sagrado. No era una imagen distorsionada; al contrario, la molestia venía de verme *demasiado*. Entonces corría en pos de la luz incierta del segundo espejo.

Como en el amor, también en los espejos conviene una mirada débil, capaz de corregir el rostro que en las noches ofrecemos a la luna.

MURALES

Los héroes, además de estimular la escultura y el culto a los laureles, mantienen activo un segmento del lenguaje. Nada más adecuado para resumir sus vidas que las églogas donde se conjugan verbos que rara vez salen del diccionario. Y es que los paladines viven en gramática de gala: cuando no *arrostran* se *prosternan;* ya *subyugan,* ya son *subyugados.* Luego sueltan su frase célebre: "Los valientes no asesinan" o "Si tuviéramos parque… no estarían ustedes aquí". Los Beneméritos, los Libertadores, los Padres de la Patria no pueden vivir sin Palabras Mayores.

Al entrar al Palacio de Gobierno de Mérida recordé dos lemas opuestos, el de Kalimán y uno de los muchos de José Vasconcelos. No deja de ser sorprendente que un héroe de acción como Kalimán haya optado por un lema quietista: "Serenidad y paciencia". En cambio, para apoyar el muralismo, Vasconcelos lanzó una orden de brigadier: "Superficie y velocidad". A juzgar por los resultados, la calma produce más proezas que la prisa. El muralismo tuvo logros notables (baste mencionar tres de los tres Grandes: *Sueño de una tarde dominical en la Alameda* de Rivera, *El hombre en llamas* de Orozco y *Retrato de la burguesía* de Siqueiros y Renau), pero también distribuyó mazorcas de proporciones alarmantes en demasiadas paredes del país. ¿De veras se necesitaban tantos indios pedagógicos, tantas banderas, tantas Patrias con senos ubérrimos y cara del más varón de los yaquis? ¿Cómo justificar el corazón abierto en la Facultad de Medicina del que salen los productos más variados como los latidos de una cosecha estalinista?

Aunque los murales son oficios de gobierno con ilustraciones decidí subir las escaleras del Palacio para ver las obras del pintor Fernando Castro Pacheco. En todas se nota un trazo de gran dibujante, pero el color y los temas desmerecen desde el vistazo inicial: una hoja de maíz sirve de matriz a un indio ceniciento. No es necesario ver la cédula para dar con un título: *Maternidad del Mayab*.

Pasé de prisa frente a las cabezas mayas agobiadas por tocados en forma de tuercas para encontrar a Felipe Carrillo Puerto y Lázaro Cárdenas. El divisionario michoacano se recorta contra un fondo verde kriptonita como en los billetes de 10,000 pesos.

En los murales de un salón de recepciones, fray Diego de Landa, con boca fruncida, no ha terminado de quemar los códices mayas. Frente a él, un campesino sostiene una paca de henequén tan pesada como una lavadora automática.

Lo mejor del Palacio de Gobierno es que tiene balcones a la Plaza Grande. En una banca dos hombres estrábicos se acariciaban el pelo y sonreían con muchos dientes de oro. Se les acercó un enano que llevaba un portafolios enorme (no sólo para él) y les ofreció algo que yo no podía ver. Los estrábicos discutieron un rato y luego sacaron un queso. Eso era la vida de allá afuera, dos estrábicos que se acariciaban y le compraban un queso de contrabando a un enano. La "realidad" (Nabokov tiene razón: esta palabra ya sólo dice algo si va entre comillas) fascina y cansa por su continuo afán de volverse peculiar, pero nunca es tan melodramática como el muralismo mexicano.

Regresé sin ver otra cosa que mis zapatos de marimbero.

Misa en catedral:
Conquista espiritual de estas crónicas

De pecatis tuis. Una calesa esperaba clientes afuera de la librería Dante. El olor a libros algo reblandecidos por la humedad se mezclaba con el del estiércol. Un aroma de librería virreinal.

Yucatán ha sido frecuentado por un impresionante convoy de especialistas. Los estantes ofrecían tal despliegue historiográfico que incluso encontré un volumen inverosímil en un lugar que nunca ha tenido un equipo de primera división: *Historia del futbol yucateco.* Casi todo el libro estaba consagrado al necaxista Peniche.

La sensación de estar en una ciudad tan historiada reforzó mi idea de escribir un viaje literario, es decir, personal. Sin embargo, la personalidad no siempre es tan extensa como uno quisiera. Gabriel García Márquez podría detallar sus problemas de lavandería en el hotel sin que pareciera una falta de pudor. La fama es garantía de muchas cosas; entre otras, de que las camisas mal planchadas se vuelvan fascinantes. En cambio, el autor que desempaca una maleta sin prendas célebres se siente obligado a mandar su intimidad al Concilio de Trento: el recato y el decoro aparecen como áureas directrices. ¿Pero puede haber mayor tedio que una crónica mesurada? La sensatez, tan útil para decidir que el mejor colegio para los niños es el que está más cerca de la casa, es un narcótico literario. A diferencia de las guías, las crónicas no proponen un estilo de viaje sino el viaje a un estilo. El reto consiste en hacer de lo personal un asunto compartible. Apenas me convencí de esto, opté por el recurso contrario. Ya no me importó que la ciudad estuviera mil veces descrita. ¡Al diablo la personalidad y sus vanidades! Pensé en las virtudes de los datos llanos, agua que corre sobre piedras lisas. Aún faltaban muchas cuadras para la catedral, pero ya sentía en mi interior el lago tranquilo de los recién confesados.

Ad altare Dei. El 8 de febrero de 1517, Francisco Hernández de Córdoba zarpó de Cuba sin otro rumbo que el oeste. Ciento diez hombres lo acompañaban en esa navegación a la ventura. Apenas avizoró las costas de Yucatán, cinco embarcaciones de remos, tripuladas por unos ciento cincuenta indios, se acercaron a recibirlo. Con la proverbial facilidad para los idiomas que tienen los españoles, Hernández de Córdoba "entendió" que los nativos le daban la bienvenida; por lo demás, alguien que usaba armadura con 40° C no debía estar en sus cinco sentidos. El conquistador llegó a tierra firme con la confianza de quien asiste a un banquete para comparar el lechón de Segovia con el armadillo en *pib.* Doce heridas de flecha lo devolvieron a la realidad. Después de otras aguerridas escaramuzas regresó a La Habana tan maltrecho como San Sebastián y murió a los pocos días.

La segunda expedición española también partió de Cuba, en 1518, al mando de Juan de Grijalva, un hombre de suerte: sólo recibió tres flechazos (uno de los cuales le tiró dos dientes) y "descubrió" el río que lleva su nombre.

Grijalva y Hernández de Córdoba capitanearon los primeros viajes intencionales a la península. Como suele suceder, otros españoles se les anticiparon por accidente. En 1511 veinte náufragos habían sido arrojados a las costas de Yucatán.

Según refiere fray Diego de Landa, después del "desbarato del Darién" el capitán Valdivia partió con sus hombres rumbo a Santo Domingo, pero una tormenta destruyó su carabela y se vio obligado a continuar en un batel. Su destino al llegar a tierra firme fue tan atroz que más le hubiera valido una muerte por agua. En Yucatán cayó en manos de un cacique que lo encontró especialmente sabroso: se lo comió sin chistar y pidió que le sazonaran a otros seis. Los más flacos fueron puestos en engorda el tiempo suficiente para idear un plan de escape: huyeron a la selva donde cayeron en manos de un cacique que "los trató con buena gracia". Pero en Yucatán no sólo se vive de buena gracia; los rigores del trópico hicieron mella en los españoles hasta que sólo quedaron dos: Jerónimo de Aguilar y Gonzalo Guerrero. Ocho años después, en 1519, Hernán Cortés los encontró en Cozumel. Aguilar "lloró de placer, dio gracias a Dios y preguntó a los españoles si era miércoles".

La supervivencia de Jerónimo de Aguilar resultó decisiva para la empresa de Cortés. Los españoles llegaron a América a cortar "narices, brazos y piernas, y a las mujeres los pechos". El idioma de los naturales fue tratado con crueldad semejante. Así las cosas, nada podía ser más valioso que un traductor como Jerónimo de Aguilar.

La Malinche es famosa por la traición que dio lugar a la palabra "malinchismo", pero pocos reparan en que sólo traducía del náhuatl al maya. Jerónimo de Aguilar cerró el ciclo traduciendo del maya al español.

Es tiempo de ir por el Adelantado (se nos hace tarde para la misa en catedral y aún no llegamos a la conquista de Yucatán). Francisco de Montejo participó, al lado de Cortés, en la conquista del centro del país. En 1527 recibió el apoyo de la Corona para conquistar Yucatán: zarpó de Sevilla con cuatrocientos hombres y ciento cincuenta caballos. A pesar de la contundente dotación de arcabuces, los soldados de Montejo levaron anclas entre un rumor ominoso: el Adelantado rehusó llevar a los dos sacerdotes de rigor. Los rústicos gallegos y santanderinos atribuyeron a esta causa el descalabro de la expedición. Francisco de Montejo tardó dieciséis años en conquistar Yucatán, mucho más que Cortés en someter al poderoso ejército azteca. Durante varios años su hijo y su sobrino lo sucedieron en lo que parecía una tentativa capaz de consumir a varias estirpes de conquistadores. En 1546, ya al frente del gobierno, Francisco de Montejo supo que era dueño de un país sin minas ni riquezas.

La orden de San Francisco llegó a Yucatán por cuenta propia en 1545. La conquista espiritual se realizó a contrapelo de la conquista militar. Los hombres de armas solían secuestrar ídolos mayas y liberarlos a cambio de esclavos. Los franciscanos no llegaron a canjear dioses y en muchas ocasiones actuaron con más determinación que los conquistadores: los códices mayas ardieron en piras ejemplares y decenas de conventos fueron edificados con tenacidad indomeñable.

La catedral de Mérida (1561-1598) es la iglesia más antigua en tierra continental. Siguiendo la tradición druida de las catedrales europeas, se construyó sobre un ojo de agua. La severa elegancia de la fachada hace pensar en un plano renacentista ejecutado por albañiles medievales.

Sursum corda. Un jueves a las 11 de la mañana entré a ver el enorme Cristo de abedul en el altar mayor y el Cristo de las Ampollas en la capilla lateral.

El Cristo de las Ampollas es de madera negra y debe su nombre a que sobrevivió a un incendio y sólo se "ampolló" un poco. Pero no sobrevivió al furor jacobino de 1915 y ahora una réplica preside la capilla.

A cualquier hora del día, el Cristo de las Ampollas tiene varios fieles que le recen. Esa mañana cincuenta personas escuchaban un sermón sobre el sacerdocio de Cristo. Cuatro siglos después de las hogueras franciscanas, aquel hombre con un pez rosa en la casulla hablaba de un Cristo sin iglesia, sacerdote de sí mismo:

–Debemos imitar a Cristo en su sacerdocio, fundar nuestra fe cada día –la frase tenía una carga provocadora; el primer sacerdote es siempre un transgresor. En 1761, doscientos años después de colocada la primera piedra de la catedral, Jacinto Canek, un chamán maya asimilado a la religión católica, pensó que los azotes y las orejas cortadas eran incompatibles con los Evangelios. Su rebelión contra la esclavitud y la opresión racial fue un acto de fe, inspirado tanto en la palabra de Jesús como en el *Chilam Balam*. Canek corrió la suerte de los primeros sacerdotes: fue mutilado en la Plaza Grande. El martirio se desarrolló como una dramática misa negra: la víctima se parecía mucho al Cristo de las Ampollas y los verdugos actuaron como sicarios de una secta bárbara (una vez desmembrado el cuerpo, los fragmentos fueron enterrados en distintos puntos de la ciudad para que no se volvieran a unir). Pero los cuchillos avivan la memoria; aquel cuerpo tan temido tenía que convertirse en símbolo. En 1847, la guerra de castas se inició con una pinta en las paredes: *¡Canek!*

¿Cuál era el nuevo sacerdocio que ahora se preconizaba en la capilla del Cristo Negro? ¿De qué rebeldía son capaces los católicos de hoy, aparte de tocar el claxon de un Topaz para apoyar al PAN? Los feligreses no daban otras señas de vida que espantar el calor con abanicos y ejemplares del *Diario de Yucatán*. Terminado el sermón, un hombre diminuto (el tipo de enano superproporcionado al que se le dice "señorcito") tocó un órgano que no excedía las veinte teclas. Luego algunas monedas resbalaron de las manos sudorosas y fueron a dar a una capucha de fieltro rojo, demasiado parecida a un gorro frigio. Nos dimos fraternalmente la paz. La misa terminó.

Salí de la catedral sin advertir su disposición de mezquita ni los arcos que remedan la crucería ojival de la Edad Media. Afuera, un impacto de luz y los laureles verdes de la Plaza Grande.

¿Realmente escuché un sermón sobre el cristianismo sin iglesia?, ¿se había insistido tanto en la vida común de

Cristo? Tal vez estaba predispuesto a que las palabras se desbocaran de un sermón convencional a la teología de la liberación y de ahí a la herejía. Es probable que para el sacerdote renovar la fe sólo significara actualizar el diezmo. En ese caso, la "fundación diaria" era un simple eslogan de la disciplina.

El pez rosa en su casulla tenía un aire juguetón, como si lo hubiera recortado un niño, pero esto tampoco bastaba para pensar en una teología informal. Es bien sabido que no hay militante ecologista que no tenga un dibujo infantil en la pared más cercana a su conciencia; sin embargo, en el clero esto puede ser una críptica alusión a la cruzada de los niños. Lo único cierto, a fin de cuentas, es que escuché la prédica con anhelos de mitin.

EL ANTIGUO SIGLO XX

El mayista Eric S. Thompson termina uno de los capítulos de su célebre *Historia y religión de los mayas* con la sorprendente afirmación de que un hombre maduro debe repudiar las pizzas, los pantalones vaqueros y la música de los Beatles. Para reflexionar al respecto, ningún sitio me pareció mejor que una pizzería de los portales. Sir Thompson pertenecía a la generación de arqueólogos que exploraban ruinas ataviados con corbatas de pajarita y pantalones *knickerbockers*. Descubrir las fuentes del Nilo o la ciudad de Pérgamo también era un asunto de buenas maneras; se arriesgaba la vida para poder contar la aventura en el salón de cierta dama londinense con la elegante falsa modestia de quien refiere una bagatela. Thompson vivió entre dos épocas y le costó trabajo aceptar que los códices que antes sólo frecuentaban las Sociedades de Epigrafistas ahora fueran admirados con esotérica devoción por los fans de los Beatles.

Después de describir con delectación los rituales mayas, Thompson se apartaba de sus manuscritos para encontrar un mundo oloroso a comida instantánea. No es difícil entender que su nariz se arrugara ante tantos gustos inmotivados. Los mayas sólo hacían cosas "significantes". El ayuno implicaba pintarse de negro; la penitencia, ponerse en fila y pasar un mecate por agujeros practicados en los penes; la iniciación chamánica, fumar un cigarrillo sin que éste se consumiera. En una religión con siete cielos y cinco infiernos el sistema de castigos y recompensas era intrincadísimo; para tener un balance tolerable había que observar un sinfín de rituales.

El siglo xx ha inventado los símbolos vacíos. ¿Puede alguien estar, al mismo tiempo, esperanzado en la caída de la Babilonia blanca, el retorno del Maitreya Buda, la capacidad de gestión espiritual de los clavos de Cristo y la llegada de las lluvias a Yucatán? A juzgar por los amuletos del turista de la mesa de al lado todo era compatible. Unas quince civilizaciones se habían convertido en "adornos" de su cuerpo. Mientras llegaba la pizza me entretuve viendo los talismanes. ¿Podrá el arqueólogo del futuro encontrar el sentido de tantos símbolos vacuos? ¿Pensará que se trataba de un sacerdote sincrético, de un general multicondecorado? En aquella tarde de fin de siglo, quienes nos limitábamos a morder rebanadas de pizza parecíamos celebrar una austera ceremonia.

LOS NOMBRES DE PILA Y LOS HERMANITOS

En Yucatán el bautizo es el sacramento de la sublime nomenclatura. Después de que los padrinos dicen "vade retro, Satanás" los bebés se llaman Leonor Helena Ponce, Marcelo Antonio Cámara, Norah Elí Chen, Leidy María Pérez, Ana Deisy Ku, Bernabé Uch o Irvin Eliot Catzim. Sus hermanos menores serán siempre "los hermanitos".

En el Café Express un hombre de unos sesenta años que apenas cabía en su guayabera le preguntó a Gualberto, uno de los meseros:

—¿No has visto a mi hermanito?

—Vino a dar un acechón pero agarró y se fue.

Las peculiaridades del español de Yucatán se deben a sus años de aislamiento de la capital, su proximidad con Cuba, la supervivencia de la lengua maya, los extranjerismos llevados por beisbolistas, compañías de ópera que hacían escala en Progreso en su camino de Sudamérica a Nueva York, piratas, comerciantes ingleses durante la guerra de castas, el influjo de la colonia árabe y la gozosa capacidad de invención idiomática del gran Caribe. En un sitio donde "patatín y patatán" significa "etcétera", no es raro que los diálogos alcancen el teatro del absurdo.

A los pocos minutos, el "hermanito" volvió a dar otro "acechón". Era un hombre de unos cincuenta años.

—¿Por qué te quitaste?

—Fui a comprar unos negociantes. Si se me olvidan los invisibles, Bety me da una limpia.

—No embromes. ¡Yo sí que me dejaba!

—Ahora sí tocó piedra con cocoyol. El otro día que se les descompuso no sé qué aparato, Ofelia te tenía negocéalo que negocéalo.

—¡P'uchis!, pasa cada muerte de un judío.

—¡Mato mi pavo!

—¿Y eso atabacado que tienes en la bolsa?

—Una calzonera para el baño de tanque.

—¡Chuh, qué linda! ¿Qué te provoca?

—No sé, Bety hizo sandwichón y me chupé una china.

—Mentecato, ¿para eso pasas a venir?

—Vine a ver si seguías tan *purux.*

—Y tú tan *colís.*

—Bueno, yo me zampo una pata de jamón y queso y tú costeas.

—¡Lagarto!

—¡Parejura!

Glosario: dar un acechón: visita breve; quitarse: irse; negociantes: cosas; invisibles: pasadores para el pelo; dar una limpia: dar una golpiza; tocar piedra con cocoyol: el burro hablando de orejas; negocear algo: tratar de arreglarlo, de ver si funciona; ¡p'uchis!: caramba; cada muerte de un judío: casi nunca; ¡mato mi pavo!: me rindo; atabacado: café; calzonera: traje de baño; tanque:

alberca; provocar: antojar; chupar china: comer naranja; mentecato: malvado; *purux*: gordo; *colís*: calvo; pata: hojaldra; costear: pagar; ¡lagarto!: toco madera; ¡parejura!; invitación a resolver una discusión con una moneda al aire.

El juego de las estatuas y los pilotos

Los jóvenes de la clase media yucateca han descubierto una de las más recónditas posibilidades de la condición humana: recargarse en el cofre de un coche. Sin embargo, de nada serviría que Alice Chi y Elmy Sánchez Peón se transformaran en estatuas si no hubiera alguien capaz de disfrutar de su intensa parálisis. Este sábado en la noche Turix, Nelson y Toch recorren el Paseo Montejo convertidos en la versión local del TNT.

Un Century SS se perfila junto a un Topaz; un módico Caribe le pierde el respeto a un Phantom... los motores rugen... y durante unos segundos se produce un espectacular arrancón en los quince metros que separan a la Reina de Montejo de los Tacos de Alí Baba.

Los cafés y las sorbeterías están repletos, los barquillos pasan de mano en mano, los granizados circulan en tonos aún más detonantes que los de las blusas y las camisas; mayo, el mes de las flores, no conoce mayor colorido que el de un sábado en el Paseo Montejo.

Está de moda el copete de suncho o malvavisco. Quien ve por primera vez esa larga hilera de copetes que oscilan con la brisa piensa que pronto va a ocurrir algo, que el Phantom platinado de Turix se detendrá frente a las sandalias blancas con calcetines color menta de la sedentaria Edelmirita y surgirá un romance que acaso prospere hasta llegar al asiento trasero. Pero en el Paseo Montejo nada es tan vulgar como un suceso.

En esencia, los chicos recargados en los bruñidos automóviles no son muy distintos de los indígenas que pasan horas acuclillados junto a la carretera. La única variante es que para ellos la inmovilidad es el lujo extremo de desperdiciar el movimiento.

PASAJEROS
EN TRÁNSITO
I

TIPOLOGÍA DEL MAYAB

Desde chico tengo la creencia, nunca estimulada por la realidad, de que el premio gordo de la lotería va a caer en la provincia donde estoy de paso. En Yucatán perdí tres sorteos pero tuve una suerte total en mi primera llamada. Adriana Canales contestó el teléfono y se convirtió en la llave maestra de todas las cerraduras.

Yucatán reconoce tres cristalizaciones del espíritu: el yucateco, el *huach* y el *yucahuach* (los oriundos, los fuereños y esos seres anfibios que nacieron en la península pero en algún momento malhadado empacaron sus barras de achiote). La forma local de darle el Águila Azteca a un fuereño es decirle *huachito*. Después de ocho años en Yucatán, Adriana es una "extranjerita".

De acuerdo con tan severas clasificaciones, los *huaches* carecemos de toda credibilidad al referirnos a Yucatán. La crítica de las costumbres locales es una calle de un solo sentido. Si alguien dice "soy *comeyucateco*", significa que las críticas a la tierra del faisán y del venado las hace él.

John L. Stephens, a pesar de su probado amor a Yucatán, también padeció el acoso local. Justo Sierra O'Reilly, el traductor de *Viajes a Yucatán*, saturó la obra con notas a pie de página que rebaten cualquier asomo de crítica: "¡Cuán miserable es la suerte que cabe a los hijos de los pobres en estos pueblos de indios!", dice Stephens. Abajo, Sierra O'Reilly matiza: "Un mero accidente, sin duda, ha sido la ocasión de esta triste observación del autor, pues no es lo común que suceda eso... podemos asegurarlo en honor de la verdad". De manera semejante, estas crónicas podrían estar enmendadas por algún parroquiano del Express.

El enlace ideal para un fuereño es alguien que sea un poco menos extranjero que él. Si los cuatro *bacabs* que recorren el cielo en sus cabalgaduras de viento tuvieran que residir en tierra, sin duda escogerían la colonia donde vive Adriana, equidistante de todas las maravillas. La Ceiba es un sitio a quince minutos de la ciudad, el puerto de Progreso, playas desiertas, cenotes, haciendas henequeneras, pirámides, ranchos ganaderos, tierra virgen. Adriana guarda la misma, misteriosa, proximidad con la gente de Yucatán: su terraza está cerca de todo mundo. En una hora organizó visitas suficientes para los seis meses de lluvias y en momentos en que yo no daba otra seña de estar compenetrado con mi tema que una sumisa admiración del programa de la títere Lela Oxkutzcaba, que paraliza Yucatán todos los sábados en la noche, literalmente me arrastró a las citas. Así pude conocer a los yucatecos, *huaches* y *yucahuaches* que ahora reciben vindicativos pases de abordaje a este libro.

LOS TROVADICTOS

¿Cómo no va a ser separatista un lugar donde hasta las galletas *Marías* se llaman *Alicias?* "Aquí no matamos a los de fuera, nomás no los dejamos vivir", reza un dicho que puede sumir en espesas depresiones a algunos fuereños, pero no al infatigable Roberto Mac Swiney, un guanajuatense de ascendencia irlandesa, que se ha convertido en el principal abastecedor de los trovadictos.

Desayuné con Roberto Mac Swiney a una hora inicua para un capitalino. Debo haber despertado a mitad de la plática, cuando él hablaba de Palmerín y lo mucho que le debe al bambuco colombiano. Desde la primera noche que pasé en Mérida, me sorprendió que hubiera tantos tríos en la Plaza Grande. La suerte de los enamorados sigue dependiendo de las canciones de Ricardo Palmerín, Pepe Domínguez y Álvaro Carrillo. Sin embargo, durante ochenta años se ignoró la forma en que el bambuco llegó a Yucatán. Después de una larga pesquisa hemerográfíca, Roberto Mac Swiney cerró el hueco. En 1908 una de las compañías bufocubanas que llegaban a Mérida con el tremendo alboroto de sus cantantes y la voluptuosa elasticidad de sus piernas caribes, presentó al dúo colombiano Pelón y Marín.

Pedro León Franco, conocido como Pelón Santamaría, tenía mucho en común con Adolfo Marín. Los dos eran de Medellín, los dos eran sastres, los dos estaban dispuestos a escupir los alfileres a la primera oportunidad para cantar canciones de amor. Pero Pelón Santamaría tenía algo más: talento de compositor y líos con la justicia. En diciembre de 1905 inician una gira de tres días; al llegar a Antioquía, Pelón se entera de que está a punto de ser arrestado por traficar con billetes falsos. La gira se vuelve huida. Los bambuqueros aceptan cualquier contrato con tal de seguir en movimiento. Cuando no queda otro remedio, sacan sus tijeras y confeccionan trajes. Llegan a Panamá, de ahí a Jamaica y finalmente a Cuba, donde se encuentran con su compatriota, el poeta Porfirio Barba Jacob, quien trata, sin mucho éxito, de promover el bambuco. Pelón y Marín están casi resignados a morir como sastres en el exilio cuando les llega la oportunidad de viajar a México. El 24 de julio de 1908 se presentan en el Circo-Teatro Yucateco. Es casi seguro que entre el público que escuchó "El enterrador", "Asómate a la ventana" y otros bambucos estuviera Ricardo Palmerín, entonces de 21 años.

Después Pelón y Marín fueron a la ciudad de México y, en 1911, a Monterrey (que, según me enteré en Yucatán, es la segunda capital mexicana del bambuco), donde su amigo Barba Jacob dirigía el periódico *El Espectador*. Por primera vez en varios años pudieron cantar sin que les pisaran los talones. Pero la estabilidad se vio alterada por una cantante tan contundente como su nombre:

Abigaíl Rojas. Adolfo Marín decidió que había llegado el momento de poner punto final a una vida de azares, casó con Abigaíl, abrió una sastrería y pasó sus últimos años marcando cinturas con pespunteadas líneas de gis y arriesgándose a tragar un alfiler al tararear los estupendos bambucos del Pelón Santamaría. Pedro León Franco se enroló en el ejército maderista (probablemente para confeccionar uniformes) y luego inició lo que él llamaba "el regreso", una gira a Centroamérica que lo acercó muy lentamente a Colombia. Llegó en 1916, once años después de haber partido por tres días.

Mac Swiney me contó esta historia en la cafetería, interrumpiendo la narración para saludar conocidos ("qué tal, ingeniero", "doctor, cómo le va", "don Ramón, qué gusto").

Los sucesos sin fecha causan el mismo desconcierto que los dioses sin rostro (sólo a un poeta como Nezahualcóyotl se le ocurrió erigir en Texcoco una imagen al "Dios desconocido", que por supuesto nadie veneró). La fecha exacta de la llegada de Pelón y Marín a Yucatán llenó una laguna en los anales de la bambucología y además justificó rumbosas celebraciones. 1988 se convirtió en el año 80 del bambuco; hubo dilatadas serenatas en Tekax, donde nació Palmerín, y conciertos multitudinarios en Mérida y la ciudad de México (ante la comunidad *yucahuach*, engalanada con huipiles y guayaberas).

—Los bambucos han pasado de boca en boca, la tradición está viva, pero hace falta documentarla. A veces ni los mismos tríos saben de quién son las piezas que inter-

pretan, por ejemplo "Manos de armiño", de Pepe Domínguez, se le atribuye a Ricardo Palmerín.

Caminar una cuadra con Mac Swiney significa dete-
nerse a saludar a unas ocho personas que le preguntan:
"¿Cómo va el bambuco, cómo va la trova?" Cuesta trabajo
imaginarlo fuera de Yucatán. Entre saludo y saludo men-
ciona tríos y dúos:

–Los Duendes del Mayab, los Condes, los Nobles, los
Meridanos, el Conjunto Sureste, los Magaña, los Quijo-
tes, los Románticos, los Galanes –me dejó con esta lista
y una invitación para el homenaje que los Amigos de la
Trova rendían a dos compositores locales. Iban a cantar
los Magaña y el legendario Pastor Cervera.

En el Salón Cid, del Hotel Castellano, la gente comentaba el artículo sobre las bandas publicado por el *Diario de
Yucatán*. Esa mañana también yo había tenido la impresión de amanecer en una ciudad desconocida. A juzgar
por el periódico, el sur de Mérida era idéntico a Sicilia en
temporada de *vendetta:* fotos de manoplas, cuchillos, navajas de botón y objetos confusos pero amenazantes. Se
mencionaban unas treinta bandas con los previsibles
apodos de rapiña: Halcones, Águilas, Nazis.

Había leído el ubicuo *Diario de Yucatán* en la peluque-
ría. Los peluqueros se refieren a mi pelo con el excesivo
respeto que suscitan las especies en extinción. Gracias a la
noticia de las bandas, el peluquero habló de otras cosas:
cinco minutos de pandillas y veinte de Hitler:

—Ese Hitler nomás quería que el mundo fuera para él y sus bavarios, se figuraba que la raza bavaria tenía superiorida*t*, ¡buen negocio!

Estaba en el umbral, a punto de salir, cuando me gritó:

—¡Buen negocio, te vas a quedar sin pelo!

Y ahí estaba horas más tarde quedándome sin pelo en el Salón Cid, mientras la gente arremetía contra el *Diario de Yucatán*. El periódico no había publicado el reportaje para vender más ejemplares, pues su tiraje se agota siempre, sino para crear un clima de alarma; el barrio sur aparecía como la frontera de la vida común: una vez traspasada, no había manera de ser pobre sin sacar un puñal. Todo parecía calculado para que cada lector quisiera mandar una patrulla al sur. Pero al menos los Amigos de la Trova no se habían tragado la píldora.

A mi lado, un hombre rubio tirando a pelirrojo, que se presentó como encargado de lavandería, intervino en la conversación que sostenían dos jóvenes antropólogos:

—Yo casi nunca opino porque me gusta el espectáculo, pero... —y defendió la rebeldía juvenil. Sus posibles cincuenta años no servían para descalificarlo como profeta de las bandas. Habló de los pleitos de su juventud, en el barrio bravo de San Sebastián: si la furia de su generación hubiera sido canalizada ahora no serían unos fracasados.

—La furia es buena —concluyó.

En Yucatán hay dos maneras de estar de traje: la guayabera y la filipina. Como el bolero y el bambuco, las elegancias proceden de Cuba y de Colombia. Durante años las camisas blanquísimas, con pliegues junto a la tira de botones, se llamaron guayabanas, pues venían de La Habana. Las filipinas de cuello Nehru y botones dorados son una copia tan fiel del liquiliqui colombiano que en 1982 fueron avaladas por Gabriel García Márquez: recibió el Premio Nobel enfundado en un liquiliqui despachado desde Mérida. Quienes no cantan en un trío ni tienen que recibir el Nobel, prefieren la guayabera a la filipina. En el Cid los trovadictos lucían guayabera y las trovadictas huipil. La norteamericana sentada frente a mí llevaba el único huipil negro que vi en Yucatán. Su atuendo luctuoso era ideal para quien padece una maldición, y ella la padecía. Su piel estaba aquejada de mal de pinto y de una alarmante proliferación de pústulas y llagas. Antes del concierto, abrió un botiquín portátil y se aplicó fomentos, talco, violeta de genciana. Luego se abanicó con vigor y vi a Mac Swiney a través de una nube de talco. Durante las siguientes dos horas, los de la tercera fila usamos el polémico *Diario de Yucatán* para ahuyentar el tratamiento que nos enviaba la gringa.

Un trío tan hierático como desafinado rindió homenaje al compositor Pedro León Zapata, *Perucho*. Había algo entrañable en esa forma tan seria de cantar mal. El público, incluidas las rubicundas sobrinas de Ricardo Palmerín, aplaudió conmovido. Luego vino el espléndido dúo Magaña, de rigurosas sandalias y filipina. Interpretaron las canciones de *Perucho* que han grabado en Tokio (nada más enigmático que el corazón japonés, que sucumbe por igual con las tragedias pastorales de Heidi, el monstruo Godzilla, nunca cansado de aplastar vagones del tren bala, y la melosa trova yucateca).

Las letras de Perucho son de una pasión desaforada, difícil de asociar con el delgadísimo compositor de 74 años que agradeció el homenaje con un soneto.

Armando González Domínguez, el segundo homenajeado, lleva con gran holgura sus 82 años. Vive en la ciudad de México y regresó a Yucatán por unos días para celebrar los cien años de su cuñada.

—Todo se lo debo a mi maestro de piano, José Rubio Milán —comentó, sin desprenderse de sus lentes oscuros.

José Rubio Milán fue mi tío abuelo, de modo que escuché la lectura del currículum de Armando González Domínguez con la ponderada atención que corresponde al sobrinieto de su maestro. González Domínguez es autor de los himnos del Politécnico y de la Escuela Nacional de Educación Física, de un vals para cada una de sus cuatro hijas, con motivo de sus fiestas de quince años, de las canciones "Yucatán en México" y "Mi lindo Motul".

—Lin-do Mo-tul, lin-do Mo-tul —entonamos todos a coro y luego Pastor Cervera gritó desde el presidium—: ¡No hay tamarindo dulce ni yucateco tonto!

—¡Viva el Beethoven yucateco! —exclamó un trovadicto excesivo.

Al final, Pastor Cervera interpretó un par de bambucos, con el temple singular de quien lleva medio siglo haciendo que la gente se enamore. Su voz de hipnótica aspereza regatea las emociones, las dosifica, reserva una carga adicional para los estribillos y los finales; más que un cantante es un taumaturgo de la sensiblería; no hay manera de evitar un estremecimiento al oírlo decir:

mi boca
besará la caoba de tu melena bruna.

Al terminar, hasta los turistas posmodernos que llegaron con miradas de fin de milenio, vestidos en todos los tonos del negro, tenían los ojos arrasados de lágrimas. Se fueron deprisa, como si hubieran sido víctimas de una traición emocional, en busca de algo que los hiciera reconciliarse con una vida sin sentido.

CORRIENDO PARA ESTAR QUIETO

Hasta hace unos años, el corazón yucateco era un órgano pausado que sólo latía al compás de la trova y el bambuco. La mejor aliada de la música romántica había sido la comida yucateca. ¿Quién, que haya comido su ración de seis *papadzules* y medio pollo pibil, puede bailar al ritmo de Rigo Tovar? Un público con un *poc-chuc* entre pecho y espalda está orgánicamente impedido para el acelere. El auge del rock y la música tropical sólo se explica por los cambios en los hábitos alimenticios. Los tacos, las tortas y los sándwiches livianos llegaron a Yucatán hace apenas quince años.

En mayo era difícil ir a una pizzería sin ver el cartel que anunciaba el concierto del conjunto yucateco Sueños Indiscretos.

En la taquilla del teatro Daniel Ayala Pérez, una mujer con los párpados pintados en rojo índigo me informó que el concierto anterior del grupo había sido gratis:

—Hubo cantida*t* de gente. Ahora no va a venir nadie. Los boletos están a 3,000 pesos, ¡figúrese!

Pero la vendedora menospreciaba la capacidad de convocatoria del alto volumen. Sueños Indiscretos logró reunir a unos trescientos espectadores.

Cuando las luces se apagaron, se escuchó la intensa melodía de una armónica y el sincopado acompañamiento del bajo y la batería que siempre recuerda el tendido de las vías férreas en la cuenca del Mississippi. Luego el requinto interpretó "Se levanta en el mástil mi bandera", pero más que un asomo mexicanista, esto fue un homenaje a Jimi Hendrix y su virtuosa distorsión del himno norteamericano. Sueños Indiscretos tocó unas diez piezas originales que hubieran sido excelentes con otra letra y otra voz. El baterista remató el concierto con un solo frenético que levantó al público de sus asientos. Las baquetas cayeron entre gritos de "o-tra, o-tra...".

Quizá lo más sorprendente fue que todo se desarrolló con una cortesía casi inverosímil; ni gritos de "órale, cabrones, ya toquen" o "juntensén-juntensén", ni las lastimeras peticiones del grupo: "Por favor, vamos a de-

mostrar que tenemos cultura, si no ya no va a haber to-
cadas", nada de sombras mezcladas en formaciones ka-
masútricas ni nubecillas de mariguana. Los músicos se
cedían la palabra en un torneo de buenos modales:

—Creo que José les va a decir algo...

—Después de ti, Alberto.

Las chavas entraban y salían a comprar gomitas y ca-
ramelos sin que nadie se aventurara a dirigirles siquiera
la fórmula más concisa del deseo: "prexta". El único grito
individual vino al final del concierto:

—¡Viva Sueños Indiscretos, son los mejores de Mérida!

Cuando las luces generales se encendieron, algunos en-
tusiastas se acercaron al escenario.

—Suban, están ustedes en su teatro —dijo el cantante,
más cordial que nunca.

También yo subí y quedamos de vernos unos días después en casa del baterista.

Las direcciones en Mérida no le piden nada a las cuentas de los baktunes y los katunes mayas; Gabriel Ocampo anotó en mi libreta: 44 # 451 x 49 y 51.

Gabriel el *Judío* Ocampo abrió la puerta bañado en sudor.
"Estoy acomodando la batería", me explicó. No necesito
decir que yo también sudaba, pues así fue como llegué a
todos lados.

No me importó tanto mi manchadísima camisa como
saber que los otros músicos no iban a ensayar. Por lo general, los bateristas son bestias rítmicas; si los Rolling

Stones dependieran de la capacidad verbal de Charlie Watts se sabría de ellos lo mismo que de los constructores de Stonehenge. Por suerte, el *Judío* es gente de sorpresas: es árabe (su segundo apellido es Pedro) y es elocuente. Ahora recuerdo que las paredes de su casa en la colonia Mayapán eran azul cielo, pero podrían ser verde pistache (en mi insuficiente libreta sólo anoté lo que había en ellas: un pandero, un sagrado corazón, el emblema del conjunto Constelación).

Gabriel Ocampo tiene la corpulencia, el mostacho y el pelo de John Bonham y le faltan tantos dientes como a Keith Moon. Su nariz le ha valido diversos apodos, desde *Turco* hasta el definitivo *Judío*, pasando por *Beduino*. A él le escuché por primera vez un nombre que luego oiría repetir en todas las modalidades de la veneración: Mike Manzur, el muchacho maravilla que tocaba la guitarra con el obsceno virtuosismo de Hendrix. Según conviene a la leyenda, nadie sabe con certeza si Mike toca en Los Ángeles, en Cancún o si está en Mérida, encerrado con sus discos favoritos. Gabriel coincidió con él en Restricción, uno de los muchos grupos en los que ha militado en quince años.

En una época prehistórica, cuando las estaciones sólo programaban "música para enamorados", Gabriel Ocampo descubrió a Led Zeppelin, Deep Purple, B. B. King y supo que no había mayor gloria que sudar con baquetas en las manos, en el ojo del ciclón incandescente, *dentro* del rock pesado. Sin embargo, en el plácido Yucatán, donde salir del letargo de la hamaca significa abanicarse por tiempo indefinido con un sombrero de *boxito*, uno sólo pone la licuadora en la sexta velocidad si la emergencia de veras se puede justificar ante los vecinos. El alto volumen no se da en tierras del caimito, o al menos no se daba en el año remoto en que Gabriel empezó a tocar. Así, decidió probar suerte en Los Ángeles. No consideró necesario llevar alguna dirección o hablar inglés.

La primera sorpresa que le deparó el Imperio fue que estaba lleno de yucatecos. Después de recibir alojamiento en el coche de un cubano dueño de una lavandería se pudo mudar al barrio yucateco, a unas cuadras de Sunset Boulevard, donde sus paisanos lo ayudaron en todo lo que no implicara música. Sus triunfos fueron relativos: logró mandar 300 dólares a México y fue a los conciertos de Frank Zappa, Kansas, Santana, Jaco Pastorius, Jean Luc Ponty (le envió los boletos por correo al *disc-jockey* yucateco Jorge Cervera, que primero ardió de envidia y luego los enmarcó en un cuadro). También participó en los martes de *jam-session* del Central. Llegaba con un estuche de guitarra repleto de cervezas que bebía en el baño con sus amigos nicaragüenses y salvadoreños. Una vez tocó la misma batería que John Belushi y faltó el martes decisivo en que pudo haber acompañado a Ritchie Blackmore. Después de cuatro años en Los Ángeles empacó su Ludwig para ir a León con un grupo camaleónico que a veces se llamaba Odisea y a veces Garabato. El primer nombre implicaba corbatas, trajes de terciopelo y un repertorio de bodas y fiestas de quince años; el segundo, un rock tan fiero que en una ocasión hizo que el público continuara el concierto rompiendo los cristales del auditorio. Después de un año sobrevino el terror a la unidad que suele asaltar a los roncanroleros y a los militantes izquierdistas. Regresó a Yucatán y se integró a Sueños Indiscretos. El conjunto parece tener futuro, en tres meses ha logrado lo que ningún otro: tocar en el teatro Daniel Ayala Pérez. Sin embargo, Gabriel no abandona las faenas de subsistencia: unos días después me lo encontraría ensayando música tropical en los altos del restorán El Tucho.

Antes de salir me enseñó su impresionante colección de discos, resguardada por una placa con una cimitarra y una *sura* del Corán:

—No sé lo que quiere decir —señaló las letras árabes y me despidió con una sólida palmada de baterista.

A dos cuadras de su casa está la estación del tren, que conserva el techo altísimo de cuando las locomotoras eran de vapor. Esperé el minibús junto a unos rieles oxidados. Una viejita salió de la casa de enfrente y al ver que me protegía del sol con mi libreta preguntó:

—¿De dónde viene?

—De México.

—¡Guay!, ¿de tan lejos? Si no tiene dónde comer venga aquí.

El primer minibús pasó de largo y la viejita me explicó que iba lleno; no quería que yo pensara que los choferes me tenían mala voluntad. Nos despedimos efusivamente cuando el siguiente minibús se detuvo.

—¡Venga a comer aquí! —me gritó.

El chofer me entregó el boleto con una mano tatuada. Por la ventana trasera vi a la anciana a mitad del camino. Más lejos quedaban las vías del tren, interminables, como la vana huida del rocanrolero que había hecho suya la canción de U2, *Corriendo para estar quieto.*

LA PARTIDA DEL REY MAGNETIZADO

Yucatán está lleno de personajes que se fugan en la memoria y desaparecen sin dejar más rastro que una fotografía, el gesto de asombro ante el *flash* que puede confundirse con el temor, una suprema sencillez, un sentirse nada en un mundo capaz de lanzar tal fogonazo. Los familiares comentan "era tan bueno, el pobre" y se refieren más a esa equívoca mirada que a la conducta del difunto. En realidad, no recuerdan muy bien por qué era bueno (aunque morir es la manera más común de serlo).

El destino de Fernando Pessoa parece repetirse en varios genios yucatecos, hombres borrados por las oficinas y las miserias cotidianas que dejan una obra casi sin querer: el sobrante del modesto apocalipsis que fue su vida. Las últimas palabras de Pessoa tuvieron el sentido pero no el tono del ostentoso "luz, más luz" de Goethe:

—Denme mis anteojos.

El mayor poeta de Portugal no podía aspirar a la contundencia del Fénix de Weimar. Su petición respondía a una vida sin fama, dinero ni mujeres, casi ajena −el cuarto prestado en la lechería, los aguardientes mendigados en el Café Martinho–, una vida de horas lentas, marcada por la tos y los espejuelos de la mala vista, donde incluso el más allá parecía un asunto de escritorio.

Memorial de los difuntos: "el pobre Zutano, el pobre Perengano", es todo lo que queda. Ermilo Padrón López pasó toda su vida como un quieto burócrata; al morir, apenas unos cuantos recordaron que había escrito letras para 68 compositores. José Rubio Milán estudió con un discípulo de Liszt en Lisboa; después de triunfar en su primera gira por el continente americano, se quedó en Mérida y sólo sus alumnos de piano volvieron a saber de él. Guty Cárdenas se organizó un concierto-homenaje en el teatro Peón Contreras para que su ciudad conociera la música que ya empezaba a darle la vuelta al mundo (sólo al morir asesinado, a los 26 años, se acercó sentimentalmente al corazón meridano).

–Aquí no se reconoce al genio mientras vive –me dijo Rodolfo Ruz Menéndez–, acuérdese del poema "A Gloria", de Díaz Mirón:

El mérito es el náufrago del alma:
vivo se hunde, pero muerto, flota.

Vi a Ruz Menéndez en su despacho de la universidad para hablar de otro personaje fugado, acaso el más interesante de todos, el ajedrecista Carlos Torre Repetto. La erudición de Ruz Menéndez abarca cualquier tema relacionado con Yucatán. Además fue uno de los amigos más cercanos del ajedrecista.

La historia de Torre combina todos los elementos del drama: el niño prodigio que aprendió a jugar por su cuenta, puso en jaque a Alekine, Lasker y Capablanca en el Torneo Internacional de Moscú de 1925, y se eclipsó poco después. Torre es un excepcional personaje literario; sin embargo, hasta ahora sólo ha sido objeto de una novela bastante digna de su título: *Águila caída*, de Filiberto Terrazas.

También podría protagonizar una película: en la primera toma, los créditos se deslizan sobre una calle nocturna, al fin sale el nombre del director, la música baja y se escuchan unos pasos vacilantes. Corte a un anciano de espejuelos que se dirige a un edificio *art decó*: *Hospital psiquiátrico*. Su atuendo y su conducta sugieren más a un médico que a un paciente (avanzada la película se verá que vive ahí asilado). En el cuarto se escuchan los ruidos del viejo –pantuflas frotadas en el piso, carraspera, un libro que cae, el rechinido de la cama– mientras la cámara registra los muebles y algunas fotografías en la pared, antiguas y lujosas: los balnearios de Marienbad y Baden-Baden y el rostro de espejuelos, difícil de asociar con el personaje del que sólo se escuchan ruidos torpes. Finalmente la cámara aísla una foto: un tablero de ajedrez, dos contendientes y una leyenda al calce: *J. Raúl Capablanca-Carlos Torre R., Moscú, 1925.*

Después de esta canónica apertura, la imagen de la foto cobraría vida y asistiríamos a una superproducción incosteable para el cine mexicano: el Torneo Internacional de Moscú, encuentros de exhibición en balnearios, un generoso despliegue de salones, trasatlánticos, charleston, mujeres hermosas de pelo rizadito y una banda en la frente, la Europa de entreguerras.

Carlos Torre jugó su primer partido en Europa contra Alekine. Tablas. En Moscú venció al soviético Duz Jomitirski y se convirtió en la sensación del Torneo. El campeón francés Tartakower explicó el fenómeno con una humorada: "Nos aventaja porque juega con tres torres". En la doceava ronda venció a Lasker, ex campeón del mundo, con la partida conocida como la Lanzadera; en la jugada 25 hizo el movimiento con el que había derrotado a Sam Reschevsky en los Estados Unidos: sacrificó su dama; siete jugadas después obtuvo la de Lasker y una mejor posición en el tablero. Aunque no todas sus partidas fueron tan espectaculares, terminó en quinto lugar.

De los 20 a los 24 años (1924-1927) Torre deslumbró con sus alardes en las 64 casillas. En su libro *Nuevas estrellas del ajedrez*, Tartakower estudió y bautizó varias de sus partidas, entre ellas la del Rey magnetizado. Torre jugaba con las negras, Dupré con las blancas. A partir de su sexto movimiento, Torre logró que el rey blanco se moviera de casilla en casilla hacia una muerte inexorable.

Al analizar las partidas se tiene la impresión de entrar en contacto con una mente de una elegancia casi perversa, un ajedrecista ideado por Nabokov. En la Miniatura, disputada con Marshall en alta mar, desplegó una encarnizada velocidad: las negras mataron en ocho jugadas. Sin embargo, los espejuelos, el cuerpo pequeño, el carácter suave y melancólico, siempre proclive a ceder tablas en los partidos de exhibición, de nuevo recuerdan al poeta lusitano. Joáo Gaspar Simóes, el impar biógrafo de Pessoa, habla de una personalidad inasible, "poliédrica"; Octavio Paz lo llama "el desconocido de sí mismo". Algo semejante ocurre con Carlos Torre; su vida opaca cuajaba en portentos de inteligencia de los que él parecía el primero en asombrarse. Sin embargo, a diferencia de Pessoa, no tuvo la opción de inventar a sus precursores, la escuela fantástica que justificara los oblicuos ataques aprendidos en Mérida sin más compañía que el aire que llegaba del ventilador.

Los periodistas soviéticos que lo vieron en el Torneo Internacional hablan de un estilo sorprendente pero inestable, "tan audaz como temperamental". Acaso habría que hablar de varios estilos que reclamaban más de un ajedrecista. Pessoa pudo disolverse tras las voces de sus heterónimos; Torre no podía idear cuatro ajedrecistas que jugaran con técnicas antagónicas. De hecho, las partidas semejan un resumen inverso de su carácter, son sus raros momentos de encono. Definir su vida a partir de la precisa violencia que desplegó en el tablero es como concebir a Pessoa a partir del fervor por la civilización de su heterónimo Álvaro de Campos. El biógrafo y el guionista necesitan datos, minucias significantes: la superstición precisa, el color fatal, la bebida favorita.

Sólo hay fechas. Carlos Torre regresó a Mérida en 1927 a recibir toda clase de homenajes, incluso se fletó un tren para que conociera las ruinas mayas. De esos días depende el nudo argumental. El ajedrecista sufrió una crisis nerviosa sin consecuencias aparentes hasta que, en la soledad de un cuarto, ensayó una partida. Es el momento de la película en que el actor tiene la oportunidad de emular a Ray Milland en su vértigo alcohólico de *Días sin huella*. Ha perdido, por primera vez y para siempre, la capacidad de concentrarse.

El mérito del guión depende de inventar una causa para la pérdida de las facultades. *Águila caída* opta por la previsible "decepción amorosa".

—Carlos estaba furioso con esa hipótesis. A él nunca le interesó el sexo, eso no existió para él —me dijo Rodolfo Ruz Menéndez (otra semejanza con la sexualidad frustrada de Pessoa).

Durante sus últimos treinta años, Carlos Torre vivió de la caridad de unos cuantos amigos. Carlos Durazo, un admirador de San Luis Río Colorado, Sonora, editor de la revista *Ajedrez*, le mandaba de vez en cuando algún dinero y el hospital psiquiátrico le daba asilo. Rodolfo Ruz Menéndez era bibliotecario de la universidad y lo nombró maestro de ajedrez. Aunque ya no era capaz de disputar torneos, podía enseñar; durante un tiempo se entusiasmó con un alumno a quien llamaba el *Muchacho Maravilloso*, pero luego comprobó que no era el gran ajedrecista que había pronosticado.

—Todas las tardes iba a la casa a comer un pan dulce y tomar una taza de café, con eso se conformaba. Si iba a un restorán le decía a la mesera: "Tráigame lo que quiera, yo no puedo escoger porque soy budista". Le interesaba mucho leer sobre matemáticas o filosofía. Era muy bondadoso, es una lástima que haya muerto en el olvido.

Ruz Menéndez toma con afectuosa resignación la crisis de su amigo:

—No pudo volver a jugar, eso es todo, no hay causas.

Luego me dio una pista inesperada: mi tío, Gilberto Repetto Milán, era primo de Carlos Torre Repetto y escribió la biografía más completa sobre el ajedrecista: *Carlos Torre y sus contemporáneos*. La biografía sigue inédita y el manuscrito es tan difícil de hallar como la causa del repentino desequilibrio de Torre.

Mi tío Gilberto ya murió, así es que hablé con su hermano, Francisco Repetto Milán.

—Creo que la única copia está en Minatitlán, con la viuda de Gilberto.

—¿Y usted a qué atribuye la locura de Carlos Torre?

—Parece que le dieron una poción después de una partida contra Marshall... —el tono de mi tío era afirmativo, pero se cuidó de hacer una pausa suficientemente larga para dar a entender que un ex rector de la universidad no podía creer esa patraña—, sólo hay hipótesis —añadió, por si aún dudaba de su escepticismo.

La pesquisa tampoco tuvo éxito en Minatitlán: mi tía Julieta, viuda de Gilberto, dijo que el manuscrito estaba en Yucatán. Ignoro el valor que tenga, pero es tan esquivo que merece ser una obra maestra.

Tuve que conformarme con los ejemplares de la revista *Ajedrez* que me prestó Rodolfo Ruz Menéndez. Lo último que me dijo acerca de Torre fue:

—Hablaba de un modo sibilino —y con esa vaga imagen me quedé: la voz que era un silbido que decía muy pocas cosas.

Cuando Roberto Mac Swiney trató de reconstruir la juventud de Ricardo Palmerín encontró que, a pesar de toda su fama, era poco lo que se sabía de él. Se diría que en Yucatán el afecto es una forma de la distancia; la vida no debe ser transgredida por los detalles, las anécdotas, las causas. Los propios héroes yucatecos han fomentado el silencio que los rodea, han aceptado el tácito acuerdo de vivir como si se desconocieran. Mac Swiney no encontró definición más completa del carácter de Palmerín que esta frase de José Díaz Bolio: "El alma le brotaba con discreción".

Lo más seguro es que la película termine (por una molesta sugerencia del productor) con una parábola: la cámara pasea con lentitud como un ojo supercurioso por una oficina en las horas de calor. ¿Cuántos Carlos Torre habrá entre esos hombres que sudan entre legajos de papeles? Pero quizá sea posible lograr otro final para la errática partida que Torre libró en sus años finales.

Ante sus biógrafos, Carlos Torre juega siempre con las blancas; practica su clásica salida: peón 4 dama, y se queda ahí, en espera del asedio, del imán que lo acerque hacia nosotros como el rey blanco de Dupré.

LEJOS DE MÉRIDA

La ciudad de los brujos del agua

Después de semanas de tórridas temperaturas es fácil entender la veneración por los dioses del agua y la delirante iconografía del Códice de Dresde, donde el dios Chac orina, defeca y escupe lluvia; la diosa roja, más recatada, vierte un cántaro sobre los hijos del Mayab. Y del entendimiento uno pasa a la franca participación. ¡Con qué ligereza se piensa en parientes para sacrificar en el cenote sagrado!

En Yucatán el calor ha sido la causa de muchas obsesiones, entre ellas las tablas termométricas del cura Villamil. Gracias a que registró medio siglo de calor, ahora sabemos que el siglo XX supera en unos 5° C al XIX. La causa es simple: la vegetación que rodeaba a Mérida ha sido desmontada.

A estas alturas del ecocidio nada resulta tan desagradable como subir a una combi sin aire acondicionado para ir a Chichén. En maya, Chichén Itzá significa "en la boca del pozo del brujo del agua". Una de las razones del viaje era ver si la brujería estaba surtiendo efecto.

Para alentarnos, el chofer informó que todavía íbamos a cargar gasolina y a buscar a unos gringos al Holiday Inn. Pasamos la primera media hora de pésimo humor, abanicándonos con sombreros de paja.

Los gringos resultaron ser una pareja sexagenaria vestida en todos los tonos que pueden tener los malvaviscos y dos gorditas de California. Hasta ese momento me parecía ignominioso estar en un asiento de plástico con la temperatura exacta para freír un panucho, pero cambié de opinión en cuanto la gringa de pelo gris-azulado sintió el bochorno de la camioneta:

—*Oh, my God, not again.*

—*You have to think positive* —le dijo el marido, en un tono tan positivo como el de un serrucho eléctrico.

—*I'm not* "that" *positive.*

Luego le comentó a su esposo: "¿Te has dado cuenta de que los mexicanos necesitan mucho menos aire que nosotros?" Seguramente es la búsqueda de aire lo que los ha llevado a Vietnam y al Golfo Pérsico. Por razones logísticas inescrutables para los observadores del Tercer Mundo, llegan a respirar rodeados de misiles (para atizar mi ira recordé que los Pershings, eminentes misiles atómicos, deben su nombre a un asesino de mexicanos).

Pero está visto que en cuestión de odios no hay nada escrito, pues las gorditas empezaron a defender el calor y esto me pareció aun peor:

–*This is the only thing real* –dijo una, con sonrisa de católica carismática y mirada de nirvana sin fondo.

La otra informó a los pasajeros que estaba *into deep-breathing*, es decir, que era aficionada a respirar, y para demostrarlo pegó un suspiro capaz de inflar uno de esos plátanos de hule que son remolcados por lanchas para el *banana-ride*. Las californianas no se podían lavar los dientes sin organizar un *brush-in*; hubieran necesitado un mínimo de cuarenta bocas espumajeantes para *compartir la experiencia*. Mientras que la anciana despotricaba sobre el estado de los inodoros, las gorditas aceptaban todo sin discriminación y creían que una paratifoidea las haría estar más cerca del *momento* mexicano. Sin embargo, en *ese* momento, los naturales no queríamos compartir otra experiencia que el silencio. El anciano tuvo un destello de sensatez y calmó los ánimos de sus compatriotas. A cada una le dijo *I see your point* y todas se callaron, felices de que él viera tantos puntos.

El paisaje era bucólico a la distancia y un basural junto a la carretera, bolsas y papeles atropellados o aventados por los coches. En Kantunil nos detuvimos a tomar refrescos. En la tienda había un camión de Coca-Cola con una llanta ponchada; el chofer dormía bajo el chasís junto a un perro con la lengua de fuera. Un cartel anunciaba al grupo Los Humildes y un letrero en casa de la familia Pech Gamboa que ése era un hogar católico.

Pasé el resto del camino contando las veletas que despuntaban en el horizonte. Al pasar cerca de una vi el letrero en la cola: *The Aeromotor, Chicago*.

Ocupé el asiento del frente juzgando que era el único territorio libre de la combi, pero el conductor resultó un mal aliado. Se pasó todo el camino señalando matas de henequén:

—*Sisal, you know?*

Desde los primeros árboles a la salida de Mérida vimos unas cajas con un extraño emblema que en mi ignorancia tomé por un átomo con sus órbitas. A la quinta caja le pregunté al chofer.

—*Bees,* la africana, *you know?* Son trampas —sus facciones y su don de lenguas revelaban la herencia española. Le costaba un trabajo enorme separar los idiomas, a tal grado que al llegar a Chichén pidió otro guía para los que hablábamos español.

El nuevo guía resultó ser un muchacho que no llegaba a los veinte años y que impartió una cátedra maestra con citas de los mejores frailes y arqueólogos. Durante un rato me separé del grupo para escuchar lo que decía otro guía con aspecto de veterano en la materia. Con gran autoridad y abundancia de datos, hablaba del triángulo de las Bermudas, la pirámide de Keops y las misteriosas conexiones entre Yucatán y la India, donde hay una deidad llamada Maya y el Buda se sienta en flor de loto como el dios Itzamná. Dependiendo del guía, Chichén puede ser una zona arqueológica o un artículo de la revista *Duda.* Los guías jóvenes no admiten que la plancha de Palenque represente a un astronauta, no hablan de curiosos magnetismos ni describen el ovni que subió piedras tan alto; esto los hace impopulares entre algunos turistas; sin embargo, para el hombre medio de Nebraska o de la colonia Garza de Monterrey es más fácil creer que las pirámides son obra de extraterrestres que de "indios".

Nuestro guía empezó analizando el carácter mortal del juego de pelota. Todos los partidos terminaban 1-0. A la primera anotación el capitán del equipo perdedor era decapitado, pero dadas las dificultades para pasar la pelota por el aro, no era extraño que el partido durara un mes. Sólo podía anotar el capitán de cada equipo, que corría por una saliente en la pared, armado de un bat y una raqueta, y recibía los pases de los jugadores en el campo. El eco tenía una función arbitral; estaba prohibido golpear la pelota con la mano y la menor infracción se detectaba por el sonido del impacto; la acústica del juego de pelota hace que un aplauso resuene de siete a trece veces.

–La Pirámide del Castillo o de Kukulcán tiene 91 escalones de cada lado. Arriba hay un escalón común a los cuatro lados. Los peldaños alojan la cuenta exacta del año: 365 1/4 días.

–Éste es el calendario que hoy se usa en la NASA –comentó con orgullo el guía, las patillas afiladas por el sudor–. En los equinoccios se produce el fenómeno de la serpiente de sombra que desciende las escaleras.

Como muchas otras pirámides, la de Kukulcán fue erigida sobre una construcción previa. Una escalera interior permite llegar a la cámara del Chac Mool y el jaguar rojo, en caso de que no esté bloqueada por turistas sudorosos. Nosotros tuvimos que esperar el descenso de un niño tan rollizo que obstruía el túnel entero.

Uno llega a la cámara sintiéndose el doctor Livingstone en su viaje al África; en consecuencia, el jaguar resulta demasiado pequeño y paliducho y el Chac parece una estatua de parque público.

—La escalera conserva un calor tan húmedo que al salir casi se siente fresco.

El guía nos volvió a reunir al centro de un triángulo formado por El Castillo, el Adoratorio de Venus y el Templo de los Guerreros. Aplaudió y se produjo un nítido eco triangular. Las piedras lanzaban el aplauso de un edificio a otro. Nos demoramos en estos portentosos edificios: piedras que son signos que son ecos.

La Chichén Itzá que se visita ahora pertenece al periodo posclásico maya (siglo x). Durante cientos de años los mayas supieron de la existencia de otras tribus que dominaban los ríos con sus rápidas canoas. Los putunes o chontales son los fenicios del sureste, un pueblo movedizo que sirvió de eslabón a civilizaciones tan distantes como la tolteca y la maya. Los itzaes, que le dieron su apellido a la ciudad entre 968 y 987 d. C., son el producto de un atavismo y una vanguardia: los mayas rezagados en una población antigua y la avanzada chontal. Los chontales llevaron numerosas influencias toltecas: el culto a Kukulcán (Quetzalcóatl), la decapitación del perdedor en el juego de pelota, los edificios circulares, la representación de la sangre como serpiente, el militarismo y hartos falos. Las columnas del Templo de los Guerreros tienen figuras idénticas a las de Tula; para los toltecas, la guerra tenía una indudable connotación sexual y la homosexualidad era un signo de virilidad, una afirmación fálica: espada contra espada. Las prácticas sexuales de los putunes causaron tanto escándalo en el siglo x como el primer divorcio yucateco en el siglo xx.

Al bajar del Templo de los Guerreros, el guía nos reunió en círculo pero no pudo decir palabra: un pelirrojo argentino se manifestó entre el grupo. Al escuchar su acento supimos que la excursión se había transformado en mesa redonda.

—Creo que se acaba de tocar uno de los grandes temas: preservar o reconstruir.

El *sacbé* o camino de tierra blanca que seguimos para llegar al cenote sagrado fue una especie de coloquio móvil. El argentino había visto unas piedritas blancas en las paredes que señalaban lo que se había agregado en tiempos recientes: se había reconstruido y preservado, solución fenómena.

No nos importó escucharlo porque estábamos felices de ver agua. Con la sequía, la simple vista de un estanque era apaciguadora. Pero el cenote significaba otras cosas. Para los mayas era el lugar del sacrificio, ahí se deshacían de sus bienes más preciados: joyas, doncellas bellísimas y niños, muchos niños (los sacerdotes estaban seguros de que los dioses preferían ofrendas pequeñas, de ahí tantas miniaturas y niños rumbo al agua). Los escogidos llegaban semidrogados y se ahogaban con un placer exultante. Con el tiempo aquella boca de la muerte despertaría otros intereses. En 1894, el vicecónsul norteamericano Edward Thompson compró la "hacienda" de Chichén Itzá en 23.5 dólares. Thompson era un sátrapa de tiempo completo: sabía que el cenote estaba lleno de joyas pero no quería "arriesgar" su dinero en la exploración (los 23.5 dólares ya le parecían un exceso). Pasó los años de 1895 a 1913 reuniendo dinero para sacar los tesoros itzaes. Esto acarreó una desgracia adicional: como el dinero era prestado, Thompson evitó hacer un inventario de sus hallazgos para no tener que repartirlos con sus patrocinadores. Sólo se cataloraron unas cuantas piezas. Seguramente algún petrolero texano bebe Choco-milk en una vasija de oro del periodo clásico, vendida por Thompson a sus abuelos.

La aparición de Eric S. Thompson en el panorama de la arqueología demostró que los Thompson ingleses son de otra estirpe, pero no logró borrar el nefando recuerdo de su tocayo diplomático.

En el cenote nuestro grupo sufrió un cisma. La mayoría se quedó a beber refrescos y oír la nueva tesis del argentino sobre las piedritas. Sólo continuamos cuatro, una capitalina, dos vascos y yo, con gran aire de solidaridad y maledicencia: "Venir hasta acá para no ver todo, qué desperdicio".

Nuestra condición de sobrevivientes nos obligó a analizar cada piedra del viejo Chichén. Vimos el Caracol (el observatorio que debe su nombre a su escalera en espiral), los pozos que los astrónomos mayas usaban para contemplar eclipses y los *bacabs*, orientados hacia las cuatro direcciones del mundo, en sus metamorfosis en armadillo, tortuga, abeja y caracol. Luego nos arrodillamos ante los restos del extenso drenaje maya y al levantarnos descubrimos que éramos los últimos visitantes en la zona. También el guía había desaparecido. En las rendijas de las ruinas asomaban caritas de niños mayas que se reían gozosamente de nosotros.

En Mérida, le había preguntado al arqueólogo Ramón Carrasco sobre la exploración que haría si tuviera dinero. Su respuesta fue sorprendente:

—Exploraría Chichén y Uxmal —yo esperaba una superproducción: la ciudad enterrada en la selva, la pirámide submarina; pero Ramón me explicó que incluso las zonas más conocidas no se han estudiado a fondo—. Ignoramos los hábitos funerarios de Uxmal y casi todo lo del viejo Chichén; imagínate lo que se puede encontrar bajo el juego de pelota.

Una vez más, sólo había visto la punta del iceberg. Chichén da la impresión de estar más "terminada" que otras ciudades mayas, pero aún queda mucho por descubrir.

Ahora estábamos en lo poco que se conoce del viejo Chichén, con una ignorancia muy superior al entusiasmo. Regresamos al punto de partida. Tampoco ahí vimos al guía. Lo último que le pregunté fue si estaba especializado en la zona maya:

—Somos guías federales, podemos ir a cualquier zona arqueológica. Tenemos placas especiales para viajar por toda la República —estaba tan orgulloso (con razón) de su trabajo que recorrer el país le parecía un atributo de sus placas.

Así terminó el contacto con este guía de la nueva generación que no busca asombrar con esoterias. Nos dijo: "En Chichén ya no hay fantasmas". Luego, desapareció.

HACIENDAS HENEQUENERAS

Los concursos de belleza y las agencias de viajes tienen pretensiones astronómicas: nada más lógico que el *tour* de Miss Universo sea organizado por Viajes Galaxia. Después de visitar agencias llamadas como distintas porciones del cosmos en las que el entusiasmo de los empleados infundía una total desconfianza ("¡qué buen precio!, ¿se fijó?"), di con Viajes Planeta. Renté un Volkswagen que había engullido demasiados kilómetros; manejarlo significaba luchar para que no se precipitara al lado derecho, pero después de la visita a Chichén no quería volver a viajar en grupo.

Las haciendas henequeneras se han deteriorado de un modo fotogénico. Los muros expuestos a seis meses de lluvias y seis de sol tienen tantas texturas como los cuadros de Antoni Tàpies; las chimeneas de ladrillo rojo establecen un delgado contrapunto con los flamboyanes y las veletas; los interiores de los palacios están habitados por bugambilias y maculís; las maquinarias se han transformado en complejos arabescos de óxido.

En Xtepen estacioné el coche junto a una casa maya,

con su tradicional cono de paja en el techo; en el pequeño patio que la separaba de la carretera, un flamboyán frondosísimo hacía aún más agobiante su pobreza.

Una palomilla de niños me rodeó de inmediato. Gritos de "dinero" y "sidra". Hace años un refresco de color oscuro se llamaba "Sidra"; por mimetismo se le dice así a la Coca-Cola.

Encontré rieles oxidados en espiral, eslabones de cadenas prometeicas, mosaicos venecianos.

Muy cerca de Xtepen, a 33 kilómetros de Mérida, está Yaxcopoil, la única hacienda conservada como museo. Después de pasar por un doble arco morisco del siglo XVII se entra al "lugar de los álamos verdes". La hacienda fue comprada en 1864 por Donaciano García Rejón y llegó a tener once mil hectáreas cultivadas de henequén.

Visitar el casco es entrar a un tiempo detenido. Los cuartos conservan el mobiliario y los utensilios originales. Ahí están el infaltable escritorio de cortina con su quinqué de mecha gruesa; el lavabo hecho en Inglaterra (según lo prueban el letrero de Johnson Brothers Hanley Limited y el escudo del león y el minotauro) donde lavarse las manos parece un acto heráldico; las sillas de respaldo vienés; los cepillos con mangos *art nouveau*; los tomos de la *Revue Encyclopédique* de 1891 a 1900; el título de *chauffeur* otorgado por el ayuntamiento de Mérida al dueño de la hacienda; los papeles de importación de la maquinaria desfibradora. Como en las demás haciendas porfirianas, el interior de Yaxcopoil estaba en Europa y el exterior en México.

Por la ventana de la sala se ve uno de los álamos centenarios que dan nombre al lugar. Al salir del edificio principal hay un patio con un ojo de agua y una capilla presidida por una ingenua estatua: San Jerónimo vestido de *boxito* en compañía de un león diminuto.

En el patio principal hay un "tendejón Coca-Cola" que ahí ya adquirió jerarquía religiosa. Se llama La Divina Providencia. Los niños me pidieron dinero en tres idiomas hasta llegar a los talleres de desfibrado.

Desde hace 51 años la máquina diesel es resguardada por Anastasio Yam Juchim, que antes fue peón en el campo; ha pasado casi todos sus 71 años trabajando para la hacienda. Tenía la camisa puesta al revés, una gorra de beisbolista que decía L.A. y un pantalón amarrado con un mecate. Los ojos se le llenaron de lágrimas al hablar del pasado, "antes de que empezara eso de la agraria". Tal vez para refutar el colapso henequenero, se refería al pasado en presente:

—Ahí se hacen las sogas y las riendas para los animales, ahí está el taller mecánico; ahí, el molino de grano donde las señoras muelen el nixtamal. Esas cuatro imágenes —señaló las estatuas en un frontispicio— son de la época griega, los cuatro años: el otoño, el invierno...

"Aquí se empieza a trabajar a las cinco de la mañana y terminamos a las once, luego llegan los otros que acaban a las seis. Por ahí sale el humo de la máquina que el señor compró en Alemania. ¿Quiere ver los engranes? Son de bronce."

Subió con gran trabajo una escalerilla de madera. Lo seguí, rodeado de niños que gritaban "cierto-cierto, okey".

—Aquí se desfibra todo el henequén que trae el *truck* —por una ventana señaló los rieles que se perdían en el horizonte espinoso—; de aquí sale puro sosquil bonito, muy suave; el bagazo se usa para colchones.

Enumeró los engranes, las cuchillas, los péndulos, las pesas de la maquinaria que en su mente no ha dejado de accionarse.

—¿De dónde viene? —me preguntó, quitándose la gorra.

—De México.

—¡De México! A nosotros no nos alcanza el dinerito ni para ir a Umán. Deme para un refresco.

Tomó el billete con uñas que parecían pertenecer a otra especie biológica, terminaciones calcáreas abultadas de costras. Nadie toleraría imaginar, minuto por minuto, las tareas destructivas a las que se han sometido las manos de Anastasio Yam Juchim. Pero hay algo más inconcebible: que nunca se hayan alzado contra los dueños de las manos suaves. En una época me sentí capaz de escribir una tesis sobre la "subsunción formal del trabajo en capital". Ahora sólo podía emular al Zavalita de Vargas Llosa: ¿en qué momento se jodió México? ¿Quién se levantó con el primer pie izquierdo?, ¿quién hizo añicos el primer espejo? De los virreyes a los priístas, un país de sangre y polvo. Los mayas también vivían subyugados por su casta gobernante y la profecía de Kukulcán, el dios que llegaría por el oriente a imponer su ley. ¿Quién fue el primer dios de la derrota?: ¿Xipe Totec, Nuestro

Señor el Desollado?, ¿el impronunciable Tlahuizcalpan-
tecuhtli de Tula?, ¿Quetzalcóatl, tan bueno que rechazó a
un pueblo que no estaba a su altura y prometió regresar
por la revancha?

Al ver las mansiones del Paseo Montejo me había dado
gusto el fracaso henequenero. En las haciendas, la actividad febril del pasado resulta tan detestable como el presente inmóvil. Los hijos y nietos de los peones marcados
por el látigo extienden las vacías cuencas de sus manos.
Ningún otro gesto perturba el aire desmayado.

Llegué al coche seguido por un niño que no había dejado de pedirme 100 pesos; era lo que le faltaba para completar su "sidra", apenas se los di, corrió al tendejón.

Me miré en el espejo retrovisor. Lo que vi parecía saca-
do del museo de cera de Acapulco el día en que se descompuso el aire acondicionado. Arranqué de prisa para
que el aire resanara mis facciones.

No estaba en el mejor estado para iniciar la ruta Puuc,
pero el libro no se podía detener en la página 114.

El cielo vacío

El número 0 sólo ha sido descubierto dos veces en la historia, la primera de ellas por los mayas.

En el Colegio Alemán recitábamos en tono monocorde
lo que el mundo le debía a México: el chocolate, el agave,
el chile cuaresmeño… una larga lista de semillas y le-
gumbres hasta llegar a la única patente tecnológica: el 0

maya. Por esas épocas se rumoraba que los norteamericanos habían puesto una bomba en el avión del ingeniero Guillermo González Camarena para que no reclamara la patente de la televisión a color. Como el 0 no da regalías, el mundo reconocía que era nuestro.

Sin embargo, quiso la mala suerte que nuestro titular, *herr* Reinhold, fuera un mayista aficionado. Nunca interfería con las únicas dos clases que llevábamos en español, Historia y Lengua Nacional, pero al escuchar que para nosotros Yucatán era como la NASA del pasado, juzgó pertinente aclarar algunos puntos. Por primera vez escuché la palabra "élite".

La "versión Reinhold" de la historia fue la siguiente: los mayas eran los astrónomos más avanzados de su tiempo, pero todo el saber se concentraba en unos cuantos cerebros. Los sumos sacerdotes tenían un mandato religioso-adivinatorio-matemático-astronómico; predecían desde un eclipse hasta la fecha exacta en que debía plantarse la primera semilla de maíz. Un buen día el pueblo se cansó de la tiranía ilustrada y acabó con la élite. Ningún sobreviviente sabía leer, por no hablar de elevar al cuadrado. Por eso estudiábamos en la *Deutsche Schule* y no en el Instituto Itzamná. Así, a las desgracias nacionales teníamos que agregarle el exterminio de los inventores del 0. Aunque la señorita Muñiz le echó la culpa a los toltecas, no logró que recuperáramos el paraíso de la selva científica: astrónomos que viajaban en lianas y salían de la maleza para llegar a una milpa donde discutían de hipotenusas.

En la infancia se inculca que los mayas eran genios (y lo creemos si no hay un aguafiestas como Reinhold que hable del 14 por ciento de sabios y 99 por ciento de esclavos), pero lo que más se recalca es que hayan logrado esa condición que los maestros no conciben en los indios: ser pacíficos. No es difícil detestar a los conquistadores pero cuesta trabajo aceptar que el equipo por el que uno agita sus banderines saque corazones con cuchillos de obsidiana. La señorita Muñiz se ensañaba describiendo los castigos que recibiríamos si fuéramos niños aztecas. Me imaginaba teniendo que conjugar el verbo "soldar" con una espina de maguey encajada en la lengua y casi agradecía los reglazos del colegio. En suma, si los aztecas eran los héroes del terror, los mayas eran la tribu de la paz. "Ahorita no me molesten que estoy resolviendo un teorema", parecían decir las efigies de sus dioses. La prueba de que no todos los mexicanos éramos sangrientos estaba en esta nación sin sacrificios.

El *mundo antiguo* apenas se asoma en la secundaria y la preparatoria, así es que mi generación cursó Historia de las Civilizaciones en las páginas de la revista *Duda*, que llevaba el récord actualizado de los muertos a causa de la profecía de Tutankhamón. Su estilo, de una truculenta eficacia, hacía que nos sintiéramos aludidos ante cualquier maldición hitita. Nos acercamos a la historia al punto de temer que un albañil dejara caer un ladrillo en nuestra cabeza para cumplir un conjuro persa. Por desgracia, nuestros conocimientos no se multiplicaron como el espanto. Una de las pocas cosas que "aprendí" en *Duda*:

los mayas, aunque no fueron tan violentos como los aztecas, tampoco fueron el rebaño apacible descrito por la señorita Muñiz.

Al salir de la preparatoria me encontré con un tercer mito: si no todos los mayas eran genios ni todos eran pacíficos al menos todos eran mágicos. Después de varios años de psicodelia y jipismo, mi generación quedó lista para vivir de cara a los encuentros trascendentales, a los instantes luminosos que justificaran exclamaciones como "¡qué loco!" o "¡*muy* mágico!" Después de oír *Magical Mistery Tour* unas mil veces, el equivalente a tenerlo inyectado, uno estaba dispuesto a encontrar un chamán en cada indio. En México, la Otra Realidad promovida por la psicodelia significaba un viaje al pasado: seguir las rutas sagradas de los zapotecas a Huautla y de los huicholes al Quemado, entrar en contacto con las tradiciones ancestrales que seguían latentes a pesar de los sucesivos imperios del hombre blanco. *Las enseñanzas de Don Juan*, de Carlos Castaneda, tuvo tanto éxito que alteró las rutas de Transportes del Norte de Sonora: cada día eran más los aprendices de brujo que iban al desierto.

No sabemos si los testimonios de Castaneda son ciertos, pero siempre son literariamente verosímiles, en gran medida porque mantienen una actitud de incredulidad: él es el primer sorprendido ante cada prodigio. En cambio, Richard Luxton, en su *Sueño del camino maya*, está demasiado predispuesto a que le sucedan cosas "mágicas". Su chamán de cabecera es Pablo Balam, un hombre sabio, sin duda, pero que sólo revela secretos prácticos: preservar la vida del campo o cocinar armadillo en *pib*. Casi desde el principio Luxton promete desentrañar el enigma de la *escritura dormida* (los mayas dejaron de escribir pero conservaron un lenguaje onírico) y pospone el momento del sueño revelador hasta que el lector tiene ganas de mandarle un Mogadon por correo. Finalmente sueña ¡un signo! y dice con modestia que ha dado apenas el primer paso para recuperar el lenguaje nocturno de los mayas. Luxton es tan "comprensivo" que su indio *tiene* que ser mágico. Sus claves provienen del Popol Vuh equivocado (del grupo de rock alemán y no del libro quiché).

Hoy en día los mayas usan gorras de beisbolistas y pantalones de mezclilla *stone-washed*, son fanáticos de Chicoché y la Crisis y lo más probable es que no sueñen glifos sino oportunidades de trabajo en Cancún. La mayoría de los chamanes, aunque siguen cumpliendo un importante papel como taumaturgos, no derivan su poder de la sabiduría secreta sino de su afiliación al PRI. Aun en la apartada zona de Chan Santa Cruz, el último bastión de los mayas levantiscos, el partido oficial ha logrado que los chamanes hagan el milagro de multiplicar votos.

Es cierto que los mayas conservan su idioma, pero esto no implica que todas sus costumbres sigan intactas. Basta seguir a uno de ellos al tendejón de Coca-Cola más cercano:

—*Diet Coke, ¿ba hux?*

La verdad es que no esperaba llegar a Buctcotz para oír que alguien preguntara el precio de una Coca-Cola dietética en maya. A fin de cuentas comparto el sueño generacional de Richard Luxton; sin embargo, este libro no puede reclamar el prestigio pop de los momentos mágicos. En las suites de los rocanroleros suele haber un ubicuo gurú. En Yucatán, sólo una persona me aseguró haber visto milagros chamánicos. Por desgracia, también me contó su teoría de la vasija del jaguar. Cierta pieza de cerámica está pintada como una piel de jaguar; mi interlocutor reparó en que las manchas son simétricas, se dedicó a estudiar la pigmentación de los jaguares y llegó a la teoría que publicó en una revista local:

A. El jaguar africano tiene manchas simétricas.

B. El jaguar yucateco tiene manchas asimétricas.

C. Los mayas (con todo y su pintor de vasijas) viajaban a África.

Mi amigo, de plano, tenía mucha necesidad de creer en los poderes mayas. Prefiero no referir su historia del chamanismo.

En Sayil presencié una escena que captura la situación de los mayas actuales. Un artesano tallaba algo que anunció como caoba y parecía triplay, pero lo sorprendente no era el material sino el modelo que usaba: ¡una reproducción en un libro de Sir Eric S. Thompson! Supongo que así se cierra el círculo antropológico: el estudioso como objeto de estudio de los estudiados.

Un final de libro que vale tanto como una aparición chamánica: sugerir que la guerra de castas aún es posible. En 1957 Nelson Reed llegó a Chan Santa Cruz y los mayas le pidieron carabinas para reiniciar la lucha anti-

dzul. El efecto literario es innegable: el autor se convierte en personaje de la guerra que estudia. En lo que a mí toca, vi muchos cazadores con carabina al hombro para ocasionar algo peor que la guerra de castas: el ecocidio general, pero esto es menos espectacular que la revolución posible. Los mayas me cobraron 700 pesos en cada zona arqueológica y no dieron mayores señas de agresividad que el esmero con que rompían los boletos.

Para hacerles justicia hay que despojarlos de los dioses tutelares que les han endilgado tantas teorías, dejar de verlos como sabios, entes mágicos, pacifistas del pasado remoto o rebeldes del pasado inmediato.

Sin embargo, lo más alarmante es que en Mérida se puede pensar cualquier cosa de los mayas, menos que estén vivos. La ciudad manifiesta su orgullo por las pirámides en la medida en que se trata de un legado histórico. No se habla de los mayas en tiempo presente. Lo que está afuera, lo verde, la selva, los henequenales, es el mundo de los indios, los campesinos, los otros.

Enfilé hacia la región Puuc con la esperanza de que los prejuicios no salieran de la cajuela. Ningún homenaje mejor para los mayas que empezar desde 0, como en el origen del mundo del *Popol Vuh* (el libro):

> *Éste es el relato de cómo todo estaba en suspenso, todo en calma, en silencio; todo inmóvil, tranquilo, y los espacios celestes estaban vacíos.*

Pirámides, pirámides, pirámides

Uno de los logros, no siempre espectaculares, de nuestra nación es ser cuna del mamífero con la sangre más caliente. En efecto, al perro lampiño mexicano le late el corazón a 40° C. Supongo que también es el único animal capaz de retozar de buena gana en el verano de la ruta Puuc.

La península de Yucatán es la zona más plana del país. Puuc quiere decir "serranía", pero no hay Aconcaguas que escalar; unos cuantos cerritos que conservan el clima de la llanura. Sin embargo, la ruta no es famosa por las depresiones del terreno sino por Labná, Sayil, Kabah, Kiuic, Xlabpak y otros centros donde floreció una arquitectura excepcional en el periodo clásico tardío maya (del siglo VII al X d.C.). No es fácil describir el estilo Puuc y menos aún entender las aclaraciones de los especialistas; hasta los arquitectos se pasman al saber que entre sus características hay cosas tan tremendas como las "columnas de gálibo bastante pronunciado", los "entablamientos verticales que delimitan el friso tanto en la arquitrabe como en la cornisa gracias a molduras achaflanadas y un listel en medio" y los "vanos donde las jambas de las mochetas intermedias marcan un ligero desplome *intencional*" (gran alivio para el neófito que podía haber sospechado que tanta complicación era accidental).

Al llegar a Uxmal, la ciudad más importante de la región Puuc y de toda la península en los siglos VII-X, estaba incapacitado para distinguir las jambas de las mochetas.

Para un inexperto, el estilo Puuc se caracteriza por edificios más horizontales que verticales, generalmente dispuestos en cuadrángulo, con crestería ornamental, arcos triangulares en las fachadas y muchos mascarones del dios Chac. Lo que más impresiona es el contraste de parquedad y exuberancia; de la cintura para abajo, los edificios son austeros y de la cintura para arriba se permiten cualquier fantasía. Sin embargo, algunos puntos de la ciudad rehuyen lo típico; la Pirámide del Adivino es un homenaje a la ascensión vertical y el Templo de las Tortugas, un cubo sin otro adorno que los caparazones en el techo.

En el Cuadrángulo de las Monjas encontré una excursión de japoneses. El guía parecía al tanto de todas las minucias Puuc; hablaba sin parar ante un público cada vez menos nutrido. También yo busqué refugio en la sombra de los edificios, pero al poner un pie en un cuarto tuve la impresión de penetrar una insensata pajarera: una nube de golondrinas revoloteó hacia la puerta. Escuché el zumbido de los mosquitos, descendientes de los que acabaron con la primera expedición de Stephens y salí a lo que por convención llamaré "aire libre", una bocanada de calor que impedía fijar la vista. Es raro que hayan sido los etruscos y no los uxmalitas los autores de la creencia de que el viento surge en el infierno. Las delicadas configuraciones que había visto en los grabados de Catherwood carecían de relieve bajo el sol acuchillante.

En el camino al juego de pelota encontré lagartijas, salamandras, iguanas y otros saurios menores. Recordé un episodio del libro de Stephens donde los guías cazan una iguana y la mutilan escrupulosamente, cuidando que no muera. A Stephens le molesta este brote de crueldad entre sus filas, pero le explican que si el corazón deja de latir, la descomposición de la carne será instantánea. Llegué al Palacio del Gobernador sintiendo que el corazón ya sólo me latía para posponer el descenso del zopilote que planeaba en lo alto.

Como los otros edificios de Uxmal, el Palacio del Gobernador tiene una placa con informaciones que deben ser de gran utilidad para el trailero que desee desmontar el edificio y llevárselo a Ohio: sólo se habla de metros cúbicos, número de escalones, peso de las piedras.

Frente al Palacio del Gobernador, una pequeña plataforma sostiene al Doble Jaguar, una singular estatua bicéfala donde los escultores intentaron transmitir algo muy alejado de la furia. Los jaguares ven al extranjero con mansa perplejidad.

La elegancia del Palacio del Gobernador y el preciso desenfreno del Cuadrángulo de las Monjas parecían recompensa suficiente. Regresé hasta encontrar la sombra de un laurel. Me senté en una piedra, junto a una japonesa que veía una flor roja con un largo pistilo amarillo. Al cabo de un rato un tipo rubio, de barba espesa y shorts caquis, pasó frente a nosotros llevando una escalera. Decidí seguirlo pero me costó gran trabajo pasar de la potencia al acto. Cuando di los primeros pasos ya había desaparecido. Consulté las direcciones posibles. Me pareció lógico que llevara su escalera al Templo de los Falos.

Atravesé un bosquecillo de troncos plateados. A la distancia, las piedras de la Gran Pirámide se fundían con las ramas secas.

¿Qué podía encontrar al fin del camino? ¿Un arqueólogo extranjero cepillando falos? ¿Un ladrón de piezas sagradas? La caminata duró tanto que al llegar a la casita de piedras ya me había olvidado del rubio y su escalera. En eso... un ruido montaraz, seguido de piedritas que circundaron mis zapatos. Alcé la vista. Un japonés había resbalado a unos dos metros. Sonrió con dientes acorazados en platino:

—*Only one* —me dijo y corrió hacia el *sacbé*.

Subí a la casa y después de rodearla entendí la risa del japonés; sólo una de las gárgolas en forma de falo se mantiene erecta.

En la carretera de Uxmal a Kabah. Al subir una colina se abre una extensión verde y café, sembrada de plantas bajas. Gruesas columnas de humo suben al cielo. Más que en un método de cultivo pienso en una desesperada ofrenda a los dioses.

Al descender la colina: una construcción dorada. El Convento de Santa Elena absorbe la luz de la mañana.

Kabah, los ruidos del camino blanco. La ciudad sin visitantes está entregada a sus sonidos. Un *sacbé* circundado de ramas secas conduce al *Codz-Pop*; es mucho lo que zumba y grazna, una algarabía de animales escondidos. Camino entre ecos hasta que veo un par de mariposas color turquesa suspendidas en el aire; luego una yuya revolotea con su plumaje amarillo y tres cardenales se confunden en una ráfaga naranja. Al llegar al *Codz-Pop* piso una rama y seis, siete, ocho *toj* salen de las puertas del edificio; agitan sus alas turquesa y luego las repliegan para aprovechar el impulso, como peces en zambullida. Los *toj* son pájaros de profundidades, viven en los cenotes y los huecos frescos; volaron *hacia abajo*, a las cuevas en el suelo.

Había visto el primer *toj* en casa de José Luis Loría, un virtuoso que ha logrado retratar con las puntas de sus Prismacolor todas las "maneras de aves de Yucatán", como diría fray Diego. En su estudio me mostró algunas obras recientes —un tucán, un *toj*, un quetzal y un loro— que terminaba para una exposición en el Museo de Historia Natural de Nueva York. Loría es más que un dibujante exacto. No ilustra: recrea. Los pájaros están vivos en sus pequeños troncos y la mirada no acaba de atraparlos.

En su mesa de trabajo, vi una pluma de *toj*, de un turquesa intenso. Loria la movió a contraluz y cambió de tono.

Luego habló de los *acuerdos cromáticos*. La naturaleza yucateca insiste en ciertos colores: el naranja, el azul turquesa, el verde intenso.

—Los mayas son muy sensibles a estos tonos. Paso la mitad del año en la selva y cuando les gusta un dibujo mío me dicen: "Qué bien matizas", para ellos el matiz lo es todo.

Un amigo entró al estudio y dijo "ahí está". En casa de Loría esto sólo puede referirse a un ave.

–Vas a ver el espíritu de Yucatán –Loría me tendió unos binoculares. A unos diez metros, en el bosquecillo que rodea su casa, un destello turquesa: el *toj* se mecía como un péndulo suave.

Al cabo de un rato llegó la hembra. Loría sonrió. La aparición era un acuerdo, el milagro renovado.

En un cuarto del *Codz-Pop* había un pájaro muerto, con un plumaje de un verde intenso. La presencia de tantos pájaros me había impedido vislumbrar las maravillas del edificio. *Codz-Pop* quiere decir la estera o el petate enrollado y es la cumbre barroca de los mosaicos de piedra, el Tepotzotlán de los mascarones de Chac. Pero como sucede con el arte Puuc, el exceso sólo existe con su antídoto; después de recorrer un largo *sacbé* se llega al monumental arco de Kabah, sin otro adorno que sus proporciones triangulares.

Cerré la puerta del coche y escuché un zumbido aún más próximo que los del camino blanco. Desvié la vista con la temerosa lentitud de quien ha visto más películas de terror de las que puede resistir. En la ventanilla derecha había una abeja alarmantemente parecida a los dibujos de la abeja africana. Tardé más en sacarla del coche que en llegar a Sayil.

Los trabajos de la lluvia. Después de una de las clásicas hondonadas Puuc, entré a una región donde ya había llovido. Otro país: plantas espesas, húmedas, de un verde deslumbrante, coronadas de bugambilias silvestres. Empecé a gritar hasta que noté que mi euforia se expresaba de un modo aún más insensato: la aguja del velocímetro rozaba el 140. Nunca hubiera creído que me importaran tanto las plantas verdes. La sequía me había convertido en eso, un ser que aúlla cuando el agua aún es posible. Y no era el único a quien la lluvia le alteraba el humor. Antes de darme mi boleto, el guardia de Sayil me ofreció un refresco, tallas en madera, me dijo los nombres de sus perros y bailó al compás de la cumbia *El pípiris nice.*

De nuevo me distraje con los pájaros, dos *yuyas* macho cortejaban a una hembra en cabriolas amarillísimas.

El Palacio de Sayil es una construcción en tres niveles que sería aún más imponente si no estuviera abandonada a los mordiscos de la hierba.

Me perdí buscando la estela que mi amigo Víctor Rendón, fotógrafo y guía de turistas, llama *El campeón.* Después de varias vueltas llegué al sitio indicado: la figura ostenta su campeonato entre las piernas.

Apenas diez kilómetros separan Sayil de Labná. Recorrí la misma cosecha verde.

En la explanada de Labná tres mestizas hablaban de agua de colonia. La pirámide principal está aún menos despejada de hierbas que el Palacio de Sayil. La visita vale la pena por la construcción fragilísima que se alza al fondo de la explanada, soportando una delgada crestería; sus huecos dejaban ver un cielo lapislázuli.

Al regresar escuché que las mujeres de huipil habían avanzado en el tema: discutían si el agua de colonia atraía o repelía insectos.

El día menos aciago. Los astrónomos mayas dividían su año de 365 días en 18 meses de 20 días y 5 días *aciagos.* Esta cuenta, con toda su exactitud científica, abre una puerta a lo inefable. Los 5 días "sobrantes" o "nefastos" tienen sus 24 horas comunes, pero deben vivirse con cautela.

Mayo es un mes prodigioso si se vive despacito, de lo contrario se sobrepasa la cuota de días aciagos y se corre el riesgo de regirse por un calendario opuesto donde sólo hay cinco días llevaderos.

En el camino a las grutas de Loltún, rodeado de plantas llovidas, supe que estaba en el calendario correcto, los días aciagos se replegaban a sus cinco jornadas inescrutables. Y aún faltaba algo mejor; a los pocos minutos vi una nube oscura hecha jirones; la carretera se nubló. Sólo pude contar dos gotas en el parabrisas; las siguientes cayeron con el estrépito del aire que revienta en mil esquirlas de aire.

Al ver el mar congelado que se resquebraja con la fuerza del deshielo se comparte la emoción primaria que guió al compositor de *La consagración de la primavera.* Al ver las ramas secas y los muñones que reviven azotados por el agua, se comprende al pueblo que cifró su destino y su religión en la llegada de las lluvias.

Lo que caía detrás del parabrisas no era la lluvia de las ciudades, el agua que activa los paraguas y hace que los niños jueguen *gato* en el vaho de las ventanas. Unos días antes, en miles de poblados se habían roto cuatro jarras sobre la tierra blanca. Desde entonces, los hombres ayunaban y escrutaban el aire ardiente con una paciencia que desconocemos los advenedizos del primer calor. No había lluvia en toda esa agua; aquello no era un accidente del clima sino el diluvio de las plegarias escuchadas. Los cuatro *bacabs* rompían todos los cántaros del cielo.

La senda del vapor. Escampó y la carretera se volvió un espejo. El sol volvió a caer, quemante, y en el horizonte, de un azul fresquísimo, apareció un doble arco iris. Nunca había visto que la luz se descompusiera dos veces, pero aquel cielo era capaz de todos los prismas y todos los espejos.

Tomé la desviación a Loltún, una estrecha senda rodeada de ramones, flamboyanes, plátanos y palmas. Por las ventanillas entraba un vapor suave, oloroso a tierra y a verdura mojada.

En un villorrio de casas mayas un cura ofrecía confesión después de la tormenta. Había colocado una silla a la intemperie y la gente hacía fila para arrodillarse detrás de una mampara.

Llegué a Loltún aplastando charcos. Faltaba media hora para el cierre de las grutas pero no "costeaba" franquearle la entrada a un solo visitante.

—La luz es muy cara —me dijo el encargado.

Ya me iba cuando un guía se ofreció a mostrarme las tres primeras "salas" a condición de que luego lo llevara a su casa en un poblado vecino.

En la boca de la gruta hay un centenar de colmenas. Los mayas usaban la cera para sus antorchas. En otro libro de viajes éste sería el episodio de cómo el extranjero hizo una imperfecta antorcha que se le apagó en el vientre de la gruta y tuvo que regresar sin más guía que la precaria soga que había atado a su cinturón de gamuza. A pesar de lo cara que está la luz, nosotros recurrimos a un *switch*. Por alguna razón inexplicable las grutas se iluminan de tal modo que la prehistoria parece discoteca. Bañadas de luces rojas y verdes, las estalactitas y estalagmitas semejan un decorado de cartón-piedra.

Con su linterna de mano, el guía señaló filones de roca trabajados por el agua y la imaginación popular, relieves inciertos donde los años y los muchos visitantes han descubierto El Delfín, La Virgen de Guadalupe, El Jaguar. Pero los mayas dejaron señas más nítidas que la humedad. La gruta se llama "Flor en la piedra" por una roseta practicada en una saliente. Sin embargo, hay quienes creen que el nombre proviene de dos estalagmitas que al aporrearse producen sonidos que vagamente recuerdan las sílabas Lol-tún. Esta invención desvirtúa a los antiguos moradores de la gruta; el turista moderno está más dispuesto a creer en las voces de la roca que en los quehaceres nocturnos de los indios.

Si se iba la luz contábamos con la linterna de mano. Los mayas no tenían un auxilio semejante, por eso construyeron, o mejor dicho labraron, un *boxbé*, un camino negro acanalado que se puede seguir con el tacto de los pies.

La sala de los cinco depósitos de agua explica la temeridad maya. Durante todo el año, la gruta mantiene llenas sus cuencas. El agua se filtra por la roca y hasta el turista puede beberla sin temor.

El guía vio su reloj y calculó que el último grupo de visitantes debía estar saliendo por la otra boca de la gruta. Teníamos que regresar antes de que quitaran la corriente.

En la caseta de entrada recogimos sus cosas, un morral de henequén con un portaviandas y dos tallas de madera.

—Entonces qué, ¿me da el *ride* a Oxkutzcab?

Subió al coche y me dio la mano:

—Me llamo Vicente Chablé.

—¿Oxkutzcab quiere decir "los tres tabacos"? —le pregunté.

—¿Quién le dijo?

—En los Leones juega un beisbolista de Oxkutzcab y le dicen "el de los tres tabacos".

—Eso dicen unos, pero los que hablamos la maya sabemos que Oxkutzcab quiere decir tres cosas: ramón, tabaco y miel. Es como con la *grilla* —añadió, sin que viniera a cuento; pronunciaba "gria"—. Unos dicen una cosa, otros otra. Yo estoy harto.

—¿De qué?

—De la *gria*, hombre.

El puesto de guía es hereditario; a él lo habían trasladado de Labná para acomodar a un muchacho que acababa de heredar el puesto. Antes había estado en Dzibilchaltún, Chichén, Labná, Kabah y Loltún. "En todas partes la misma *gria*."

Al llegar a Oxkutzcab y ver cómo lo saludaban las gentes del pueblo supe que el cuidador de zona arqueológica tiene un *status* singular. No es raro que el puesto desate tantas intrigas; de cualquier forma los guardias hacen artesanías para completar sus ingresos. Vicente Chablé me mostró sus tallas en madera: los dioses del maíz y el tiempo. "Con tanta *gria* uno se tiene que volver milusos."

Pasamos por la estación del tren, en forma de templo maya con mascarones de Chac, y me dijo orgulloso que su padre había trabajado en la construcción.

Me invitó un refresco en su casa y luego me señaló la ruta a Maní.

Pasé por la inmensa iglesia de Oxkutzcab y doblé hacia un camino muy estrecho. Avancé detrás de un caminante agobiado por una carga de hierbas como el dios del tiempo; para los mayas el transcurrir de las horas implicaba esfuerzo: el tiempo tenía que trabajar sus pasos.

Otro auto de fe. Llegué a Maní bajo un cielo oscuro y ominoso. Frente a la iglesia había un toro de lidia atado a un poste; los niños del pueblo lo apedreaban y hostigaban; después de varios días de tortura el toro acumula suficiente coraje para la corrida.

El Templo de San Miguel de Maní tiene un hermoso arco de medio punto coronado con una estatua del arcángel (más que un amenazante soldado de Dios es un angelote que no sabe dónde poner la espada). Afuera está la capilla de indios, una concha de piedra a la que antes se anexaba la nave de paja.

En el claustro encontré al campanero. Me llevó a ver el pozo del convento y las celdas de piedra donde vivió fray Diego de Landa. No han cambiado gran cosa desde 1562, el año de la destrucción de los textos mayas. Fray Diego ha atravesado la historia en direcciones opuestas, como censor y como clásico mayista; arrojó los códices al fuego pero memorizó todo lo que pudo para mitigar el daño. Vasallo de dos pasiones, obedeció a su fe ante las llamas y a su razón ante las cenizas. Su *Relación de las cosas de Yucatán* es un auténtico ensayo de restitución; por más que odiara "esas sus letras" donde no había sino "superstición y falsedades del demonio", decidió preservarlas en un Libro de los libros incendiados. No pude seguir pensando en la figura ambivalente de fray Diego porque el cielo organizó su propio auto de fe. Un relámpago iluminó una menuda ventana. Me despedí del campanero. En lo que corrí del atrio al coche se desató la tormenta.

Vi la iglesia tras una película de agua. El toro recibía el diluvio como una deidad arcaica.

Running on empty. El camino a Teabó es tan estrecho que hay que tocar el claxon en cada curva para evitar un encontronazo y para no atropellar a las codornices que corretean por el asfalto. Esto me impidió pensar en otra cosa hasta que noté que la aguja de la gasolina marcaba tanque lleno, es decir, que no servía. ¿Cuántos kilómetros por litro da un Volkswagen? Recordé que en una época tan lejana como absurda no me había importado usar una camiseta que decía "Renault-5: 14 km por litro". Éstas son las modestas desgracias del hombre contemporáneo: estar casi sin gasolina a mitad de la selva, usando una camiseta de propaganda como Tabla de la Ley. Llegué a la conclusión de que en las mismas circunstancias el más perfecto de los Renault-5 hubiera tenido dos kilómetros por delante. Aunque yo iba en un Volkswagen con una voluntariosa tendencia a clavarse a la derecha, esa vaga información sacada de la camiseta bastó para tranquilizarme. De algún lado me llegó la letra de *Running on Empty*, compuesta por Jackson Browne cuando su coche lo transportó con el puro olor de la gasolina. La mente, no cabe duda, se apacigua con muy poco.

En Sotuta encontré un expendio al que sólo le quedaban cinco litros, más que suficiente para llegar a la gasolinera de Chichén Itzá.

Los chavos del ríspido octanaje. Me completó el tanque un supermacho con mirada de perdonavidas de doce años de edad. Tenía un copete peinado con esmero y una esclava dorada en la muñeca derecha. Un motociclista trató de presionarlo para que le sirviera más de prisa.

—Leve, galán. Sin pedos. Si quieres que te surta haz cola —le dirigió una mirada fulminante y luego le castañeteó los dedos a su subordinado, de unos siete años—: no te me apendejes.

Sacó un fajo de billetes para darme el cambio y los barajeó con habilidad de tahúr. Luego pateó la llanta delantera del Volkswagen y me criticó sin miramientos:

—Traes liso tu huarache.

¿Se le da propina al jefe de la mafia? Arriesgué una moneda. El niño la tomó sin decir palabra, volvió a la bomba de gasolina, giró la manivela y alzó un diminuto pulgar que interpreté como un estilizado agradecimiento hasta que advertí que apuntaba al marcador en ceros: "Lárgate de una vez", el último mensaje de la gasolinera de los niños.

El grito de la walkiria. En mi primera visita a Chichén había visto varios hoteles cerca de las ruinas. La niebla y la oscuridad hicieron que llegara a la caseta de entrada sin reconocer un solo punto del camino. Pregunté por el hotel Villas Arqueológicas.

—¿Está usté embromando? ¿Qué no ve que es Met? —el rubicundo guardián consideró, con razón, que un hotel Mediterranée estaba fuera de mis posibilidades—. Los taxistas recomiendan el Misión.

Hay lugares que se recomiendan solos, y el Misión no es uno de ellos. Los taxistas no debían estar muy activos esa noche porque entré a un sitio tan animado como el hotel de *El resplandor* de Kubrick. Detrás del mostrador vi una inequívoca seña de desolación: todas las llaves en sus casilleros. El encargado era agradable a la manera de un golem:

—120,000 pesos el cuarto.

—¿Y cuántos huéspedes tienen?

—De momento ninguno.

—¿No hacen descuento al primer cliente?

—No.

Al arrancar aplasté unos alcatraces, creando el único toque humano del hotel Misión. A los pocos minutos apareció un letrero en la llovizna: Hotel Dolores Alba. Entré a un comedor agradable, iluminado con quinqués, que miraba hacia una alberca. Casi todas las mesas estaban ocupadas, pero aún había sitio para un mexicano en la clientela. A mi derecha tenía a un matrimonio argentino que hablaba del barroco en voz baja, enfrente a tres indios que intercalaban palabras en inglés y en hindi (creo) y a la derecha una pareja que no hablaba, pero que sin duda era alemana, por su cara de *angst* y por los huaraches con calcetines. Afuera, las ranas (mexicanas, al fin) croaban con gran estruendo.

Mi apetito era tal que estuve a punto de no advertir el mayate que cayó en mi plato para competir en tamaño con las albóndigas. Los indios también tenían hambre de viajeros; después de una cena opípara, pidieron plátanos para llevar al cuarto.

Cuando salí del comedor los alemanes seguían sin decir palabra. Me desplomé en la cama. Todas las pirámides que vi en el día se confundieron en mi mente. Soñaba con una escalinata inacabable cuando escuché el grito de mi vecina:

—¡Klaus, Klaus!

Así me enteré del nombre del alemán de huaraches. ¿Cómo es posible pasar, sin que medien palabras, de la angustia existencial al furor wagneriano? Los alemanes se amaron con una intensidad que me despejó la mente de pirámides.

Camino a Río Lagartos. En Calotmul, tres futbolistas pidiendo aventón. Cada uno lleva un uniforme distinto pero juegan en el mismo equipo. Los tres tienen cara de goleada. Suben al coche, dicen que van a Tizimín y se quedan herméticamente dormidos. Los despierto al llegar a la iglesia de los Tres Reyes. El sol pesa en el horizonte. Acelero y sin embargo todo tiene una fabulosa lentitud. Ese día no ha habido otra variante que repartir futbolistas dormidos.

La tarde crece hasta llegar a un cielo azul intenso, de una nostalgia absoluta, un atardecer que vale por una carta de Rafael Vargas:

> *es el calor*
> *la botella de alcohol hierve en el asiento*
> *el radio zumba*
> *en la cajuela los vestidos que se quedarán en el próximo*
> *   pueblo*
> *en el horizonte el vestido que le regalaste*
> *aquel vestido que para ella era el cielo.*

Flamingo. En las páginas que siguen, la palabra "flamingo" aparece con bastante profusión. Se trata de una de las tantas expresiones erróneas que todo mundo usa. Nadie dice "flamenco", como no sea para referirse a Antonio Gades o a un temperamento que invita a batir palmas. Para distinguir al pájaro, el pueblo ofrece una palabra limpiamente copiada del inglés (como tantas otras han sido copiadas del hebreo o el árabe, por no hablar de las lenguas muertas o del checo, tan indispensable para que surgiera la palabra robot). El lema de la Academia de la Lengua es: "Fija, pule y da esplendor", lo cual hace suponer que sus miembros tienen una tarea de detergente. Sea como fuere aún no logran distinguir a un pájaro rosa de un ritmo que patea el piso.

Río Lagartos. El Hotel Nefertiti merece ser declarado monumento nacional. Tiene una fachada ciega, como las de los cines de provincia, cubierta de mosaicos diminutos, y está rodeado de palmeras de dátil que crean un ambiente vagamente egipcio. Los pasillos interiores brillan en color flamingo y convergen en un cubo de luz presidido por una réplica de la efigie de Nefertiti que se encuentra en Berlín Occidental.

—¿Va a los flamingos? —un hombre regordete me tendió la mano en el estacionamiento—: Soy Melchor. Yo lo llevo más lejos que las lanchas del hotel, por el mismo precio.

Nos pusimos de acuerdo para salir al día siguiente a las ocho.

—Pregunte en el muelle por mí o por el Pecas, mi hermano —Melchor subió a una bicicleta y desapareció de prisa.

La iglesia de los Tres Reyes de Tizimín irradia su influencia en toda la región. Si uno nace en Río Lagartos tiene muchas posibilidades de llamarse Melchor, Gaspar o Baltasar.

En la recepción un hombre con sandalias de hule repitió la pregunta de Melchor.

—¿Va a los flamingos?

Se trata de un interrogatorio ritual. A Río Lagartos sólo se va a los flamingos. Dije que ya tenía quien me llevara.

—Es Melchor, ¿verdad?

Me ayudó a subir la maleta al cuarto y no dejó de hablar. Melchor era tan popular en el hotel como el marido de Nefertiti en Tebas. Akhenatón vivió para satisfacer su monomanía solar. El reino se desmoronaba mientras él se entregaba a la fuerza cegadora del sol en su palacio sin techo. Los sacerdotes, acostumbrados a una teogonía tan copiosa como las variedades de escarabajos, no tardaron en repudiar al adorador de ese dios único, sin otra representación que su propio disco candente.

Para el siglo XX Akhenatón es sólo el esposo de Nefertiti. La posteridad fue caprichosa y decidió que una estatua superara todos los empeños de un emperador. La delicada efigie ha hecho que el nombre de Nefertiti se reproduzca en jabones, clínicas de adelgazamiento, peines, boutiques y este hotel en una apartada lengua de arena.

Me asomé a ver la cabeza de la reina y noté algo extraño, un pequeño bulbo en su tocado.

Mis pensamientos estuvieron suficientemente cerca del antiguo Egipto para ignorar las palabras del encargado del hotel (no quería participar en una intriga que probablemente se remontaba al primer Melchor y al primer Gaspar del pueblo), pero los muebles del cuarto me devolvieron al fin de milenio. Sus cubiertas de hule agrupaban todos los colores que pueden caber en cuadritos de 2 x 2 centímetros.

La regadera era ideal para un césped; resultaba difícil capturar más de un chorro a la vez sin tener una cara de varios metros cuadrados. Me bañé en el lavabo y salí a dar una vuelta.

Río Lagartos consta de una decena de casas en torno al malecón. Esa tarde habían pescado cinco tiburones. Pieles plateadas, sanguíneas, refulgentes. Unos pescadores que iban a probar suerte con el último sol se ofrecieron a llevarme a la playa.

Hay que recorrer el estero para llegar al mar. A unos doscientos metros del muelle encontramos una mancha rosácea y blanca: decenas de pelícanos y flamingos buscaban refugio en la costa. Había turbonada en alta mar.

En la punta del estero, un faro solitario. Faltaba poco para oscurecer; no era la mejor hora para nadar.

—Si se nos olvida pasar por usted volvemos mañana —bromearon los pescadores.

La playa era ideal para filmar una escena de naufragio. El mal tiempo había arrojado brillantes aguamalas, ramas pulidas, conchas, algas, peces muertos. Sin embargo, al entrar a la palapa que presidía la bahía desde un ligero promontorio, encontré las huellas de un agente más destructor que la marejada. Las termitas de la clase media habían dejado pañales sumamente usados, rutilantes bolsas de fritos-tosti-sabritones, la portada de un disco de Luis Miguel con una mancha que en aquel contexto marino parecía de aguamala, aunque lo más seguro es que no lo fuera.

Nadé en un agua espesa por la arena y los peces de las corrientes bajas —a cada rato un rozón o un salto parabólico sobre el hombro. Estaba a punto de salir cuando llegaron las abejas. La oscuridad cayó sobre una playa desierta, a excepción del bulto zambullido.

Ya me resignaba a estar inmerso hasta la siguiente lunación cuando oí una voz a mis espaldas:

—Está buena el agua, ¿verdad? —era lo último que se me hubiera ocurrido, pero me sentí tan rescatado que dije algo sobre el paraíso.

Cuando el encargado del hotel me vio llegar en traje de baño su paranoia se activó como un motor fuera de borda:

—¿Melchor lo llevó a la playa?, ¡a que sí!

Preguntó cuánto me habían cobrado y pidió retratos hablados de los tres lancheros. Si hubiera otro hotel en el pueblo en ese momento habría sacrificado la gloria de estar en un museo del *kitsch*. Tuve que resignarme a seguir en el complot lanchero.

Estaba tomando mi baño de pajarraco en el lavabo cuando vi una aparición: una mano terriblemente magnificada por el anuncio de plástico de Pepsi-Cola que hacía las veces de ventana.

—Vaya al pasillo —dijo un fantasma con acento costeño.

Pasé por el cubo de luz que a esas horas sólo absorbía sombras. La reina era un oscuro relieve ahí abajo. Al final del corredor, un bulto salió de la oscuridad y encendió un cerillo:

–¡Melchor!

–No: el Pecas, somos gemelos.

Venía a confirmar la expedición del día siguiente. Temía que el encargado del hotel me hubiera convencido de no viajar con ellos. Me hizo jurar que era su aliado. Lo hice de buena gana; empezaba a disfrutar la conspiración contra el entrometido de las sandalias de hule. Nos despedimos con un barroco apretón de manos y bajé a la recepción, donde supe que era el único huésped del hotel, y por lo tanto de Río Lagartos, y que no había teléfono. Nunca sé qué decir en las largas distancias, pero en aquella punta del país sentí urgencia de hablar con Déborah, decirle que la extrañaba mucho, que si estuviera conmigo el viaje no sería el desastre que era en ese momento. Necesitaba tres minutos para soltar la mezcla de melancolía y aburrimiento que me había dejado esa playa de aguas revueltas. No me quedó más remedio que distraerme en el restorán Flamingo, que da a un "corral" de agua. Las tortugas de carey me alegraron un poco, nadaban en la oscuridad con un alborozo de futuros peines.

La carta ofrecía cerca de doscientos platillos, pero en esos momentos –y especulo que en todos los demás– sólo se preparaban combinaciones que incluyeran tortillas, queso y/o huevos. El Flamingo es una palapa con pista de baile y una caja metálica, protegida por un candado, que el dueño abrió para que yo viera la televisión. En lo que enfocaba la imagen conté los barquitos de madera que pendían del techo. A la distancia podía ver a los pescadores que colgaban sus redes y más allá la pálida nube de flamingos. Luego presencié algo inesperado: tres bellísimas cubanas saludaban al mundo en español desde Miami.

Poco a poco el restorán se fue llenando de gente que venía a ver el programa de don Francisco. Por suerte, don Francisco no habla de la humildad, la sencillez, la familia unida y otras homilías imprescindibles en los programas de "entretenimiento" de la televisión mexicana. Nadie acusaría a Raúl Velasco de abusar de su sagacidad; su fuerza —misterio de los *ratings* y la psicología de masas— es otra: sabe llorar a tiempo. Me quedé dos horas frente a la pantalla. Nada más irreal que la nube de mosquitos que nos envolvía en la palapa, las risas de los pescadores y la televisión en la que aparecían productos nunca vistos y mujeres magníficas, con miradas tan lujosamente coquetas que parecían decir "me encanta que seas dueño de Arabia". Tomé otra cerveza, con ansias de que llegara el sueño.

En mi cuarto vi la pequeña antesala pintada en verde y blanco, el tocador y el banquito cubiertos de hule, la recámara color flamingo, y sentí que estaba perdiendo una oportunidad de suicidarme.

Me acosté bajo un ventilador vacilante. Traté de acomodarme en la orilla de la cama para no ser ultimado como un personaje de Brian de Palma.

Estaba en una antesala del sueño cuando un tropel de niños entró al hotel. Corrieron y gritaron por los pasillos durante una hora. Luego se hizo un silencio que duró dos minutos. Un estruendo me sacó de la cama y supe lo que se siente despertar en medio de una discoteca. Las persianas dejaban pasar sombras coloridas y una exaltada música tropical. Me asomé al pasillo: la cabeza de Nefertiti soportaba un carrusel de luces de colores. El bulbo que había visto unas horas antes era el punto de animación del lugar. Los pescadores y sus mujeres bailaban en torno a la reina de la dinastía XVIII.

Tal vez los cinco tiburones representaban una pesca excepcional y ésa era la forma de dar gracias; el caso es que los cuerpos giraron hasta que alguien sintió una gota de agua y lanzó un alarido. Nefertiti estaba en un recinto sin techo, involuntario homenaje al palacio de Akhenatón, y la lluvia caía por el cubo de luz amenazando con electrocutarla. Un par de guantes de electricista y una llave inglesa acabaron con la fiesta.

Los pescadores esperaron un rato a ver si escampaba pero pronto se convencieron de que el agua iba para largo. Volví a la cama. Cerré los ojos y vi la ronda de Gaspares, Melchores y Baltasares bailando con frenesí en torno al altivo perfil de Nefertiti. Luego pasé a otra extrañeza; don Francisco me hizo repetir el eslogan de un champú: "La caricia de un beso de sol"; durante unas horas vulgaricé en sueños las virtudes solares. Ya en la madrugada unas voces se mezclaron en el ronroneo del ventilador. Parecían venir del pasillo. ¿Quién puede hablar en un hotel vacío? Mi paranoia empezó a competir con la del encargado. La puerta del cuarto no cerraba con llave, de modo que no costaría mucho trabajo eliminar al único cliente de Melchor. Tal vez el hotel era tan barato porque resultaba sencillísimo robar y asesinar a los huéspedes. Ya veía mi cadáver arrojado al corral de las tortugas, pasto de futuros peines. Salí al pasillo. No había nadie. Regresé al cuarto. Otra vez las voces.

En un momento perdí la conciencia y caí en un pozo sin imágenes ni ruidos. Vinieron unas horas contradictorias en que dormí profundamente sintiendo amenazas al borde de la cama. Cuando abrí los ojos y encontré el cuarto inundado de luz, quise recitar una estrofa del *Himno al sol* de Akhenatón (que entonces no sabía): "El mundo existe por tu mano".

El muelle, las palmeras, las barcas de ahí afuera existían porque las develaba el sol. Sólo esa luz me hizo creer que en otra parte, muy lejos, aún había un cuarto que era mío.

El mar se había limpiado después de la tormenta. Durante tres horas Melchor, el Pecas y yo navegamos por un mar azul turquesa, a bordo de la lancha *Ojos Brujos*. Los flamingos pasaban en parvadas o encogían sus patas en la arena blanquísima. Al fondo, el incendio verde de la selva. La palabra "paraíso" no encaja en esa violenta exuberancia. La última costa de Yucatán es anterior al hombre, un reino excesivo, saturado de sabandijas, pájaros imposibles, ramas intrincadas, saurios blandos en la maleza y saurios de piedra en las cuencas de agua.

Al regresar, los ojos encandilados por tanta maravilla, vimos un islote de arena blanca, sembrado de arbustos bajos y unas cuantas palmeras. Un gato gris salió de la maleza y jugueteó en la arena con una tela delgada, azul celeste, como un camisón de mujer. La isla no era muy extensa; se podía caminar de punta a punta. Ignoraba el nombre de casi todas las plantas, pero de algún modo la vegetación me resultaba familiar. Después de pasar por la desmesurada jungla, aquella isleta parecía un barrio natural. Las palmeras, aun las más lejanas, hacen pensar que hay alguien cerca de ellas.

Nos alejamos de la isla con una sensación de oportunidad perdida. *Ojos Brujos* no paró en el paraíso.

COMPETENCIAS:
LA CARRERA DE LOS JUGOS Y LA TROVA ALKA-SELTZER

En la meta. Me quedé un par de horas bloqueado en Tizimín. No podían salir coches de la plaza hasta que no llegaran los ciclistas. La primera señal de la carrera no fue muy alentadora: dos camionetas pick-up, una con bicicletas y otra con ciclistas agotados. Luego arribaron los sobrevivientes. Dieron una vuelta a la plaza sin que nadie los vitoreara. Un magnavoz anunció: "El Partido Revolucionario Institucional regala jugos a los competidores". Los ciclistas se arremolinaron a recibir bolsas de plástico con aguas coloreadas. Me alejé siguiendo a un competidor que chupaba un jugo que no era jugo.

Izamal. A partir de Sucilá la sabana de palmeras se convierte en un inmenso henequenal. Chimeneas de ladrillo de haciendas abandonadas. En Temax, un caserón desvencijado del que ya sólo se ufanan los tibores esmeraldas en el techo.

En Izamal me detuve ante una fila de "taxis" tirados por bicicletas. Muy cerca de ahí un letrero en piedra anunciaba: "Nuestra Señora de Izamal, patrona de Yucatán desde 1790".

Los arcos amarillos de Izamal encierran el atrio más grande del continente. Casi todas las iglesias de Yucatán están pintadas de amarillo, de acuerdo con una moda del siglo XIX. Aunque los historiadores del arte las prefieren blancas, el amarillo ayuda a contrarrestar los interiores sombríos, ultrajados por tantos incendios y despojos.

Izamal destaca por su atrio y por el camarín de la Virgen. En muchas iglesias de la península el culto mariano se celebra en un espacio íntimo, un sagrario con aire de recámara o guardarropa. En este "tocador de la Virgen", como lo llama Miguel A. Bretos, confluían dos ideas, la de privacía (el camarín es "recoleto, misterioso") y la de tesoro (el camarín "cobija y salvaguarda"). En algunos sagrarios la Virgen se coloca frente a una puerta por la que puede salir para que le cambien la ropa, lo cual refuerza el sentido de morada íntima. El camarín de Izamal es el más antiguo de México; se construyó al poco tiempo de que se inaugurara la tradición en la iglesia de Nuestra Señora de los Desamparados de Valencia, entre 1652 y 1667. Por desgracia, está tan bien conservado como una estación del metro de Nueva York. Las veladoras y los cirios ahumaron las paredes hasta cubrirlas de una película carbónica muy atractiva para uñas, llaves y punzones. La capilla ostenta una galaxia de *graffiti*.

El arte colonial ha sido repudiado durante dos siglos de jacobinismo, como si las iglesias fueran tanques abandonados por el enemigo. A muy pocos les importa que unos estofados del siglo XVII amanezcan como los asesinados del río Tula. Yucatán tiene tanta riqueza colonial como prehispánica, pero Chichén será restaurado tres veces antes de que se pase la primera jerga por el camarín de la Virgen de Izamal. Aún falta mucho para que se acepte la arriesgada lucidez de José Lezama Lima: el barroco americano no fue un acto de contrarreforma sino de contraconquista.

Después de presentar mis respetos en la tumba del pirata Jean Laffite, emprendí el regreso a Mérida.

Las promesas del agua. En varias carreteras había visto batidas de cazadores, pero aquel domingo no pude pasar por un pueblo sin encontrar al menos cinco o seis hombres en bicicleta, con gorras de beisbolista y carabinas al hombro. Las armas de los cazadores son antiquísimas, provienen de la Revolución y aun de la guerra de castas, pero si la puntería es certera esos trastos bastarán para exterminar la fauna. Y la caza no es el peor enemigo de los animales. Joan Andrews, viuda del arqueólogo que exploró Dzibilchaltún, me había recibido en su casa de

Mérida para hablar de Pronatura, la sociedad de preservación de la naturaleza que ella dirige. El jardín de la señora Andrews es un paciente homenaje a las orquídeas y circunda una casa salida de algún capítulo de Somerset Maugham: muebles sólidos, traídos de muy lejos, al lado de delicadas piezas arqueológicas, una inmensa biblioteca en la que correteaban dos niños mayas, un acuario, el servicio de té siempre listo, la veranda que da al jardín.

Joan Andrews acababa de regresar de un campamento en el sur del estado, en compañía del director del zoológico del Bronx. Después de una semana en la selva encontraron tenues señales de esperanza: huellas de jaguar y una parvada de pavos de monte. Le pregunté por el tucán y, como suele suceder, las noticias de destrucción llegaron por la punta inesperada. El tucán se alimenta del árbol con el que se fabrican los durmientes para las vías del tren. Hasta hace poco parecía inconcebible un ferrocarril mexicano que no hiciera seis horas a Cuernavaca. Con la renovación del sistema ferroviario El Tapatío y El Constituyente se volvieron rodantes orgullos nacionales, pero casi nadie reparó en lo que sucedería al convertir tantos árboles en durmientes. El apacible traslado de pasajeros contribuye más al ecocidio que las carabinas yucatecas. Pronatura ha propuesto que los durmientes se hagan de cemento, como en muchos países, pero los aserraderos han hecho valer todas sus influencias.

Recordé la visita a Joan Andrews al ver tantos cazadores de domingo. Me dirigía justamente a Dzibilchaltún, en las afueras de Mérida.

Dice un dicho que el que bebe agua de pozo o nada en un cenote regresa a Yucatán. Después de horas de carretera, bajo un sol calcinante, no hay nada mejor que sumergirse entre las piedras frescas de un cenote. El agua tenía dos zonas de temperatura, una apenas inferior al medio ambiente y otra casi fría.

El clima de Yucatán hace innecesarias las toallas. Al salir del cenote basta que uno se distraiga viendo ocho clavados para que ya esté seco.

Visité la capilla de indios y seguí por el *sacbé* hasta la Casa de las Siete Muñecas, un cubo de gran delicadeza, con ventanas hacia las cuatro direcciones. Por una de ellas vi la sabana verdísima. Al fondo, una veleta giraba lentamente.

El Cordobés. Faltaba una hora para entregar el coche y tomé una decisión típica de un capitalino. Después de vivir entre las lentas caravanas del D.F. no se puede menospreciar el lujo de estar en dos ciudades en una hora. Doblé hacia el norte.

En tiempos de mi abuela el viaje a Progreso se hacía en tren y la mayoría de los meridanos sólo iban "en temporada", durante julio y agosto. Ahora basta ignorar los letreros de "Ésta no es una carretera de alta velocidad" para llegar en unos minutos.

Después de una espesa ciénaga que hace pensar en goletas naufragadas, aparece el modesto puerto de Progreso. El Cordobés estaba lleno de cadetes que aprovechaban su día libre comiendo guisos andaluces. Un perro llagado paseaba entre las mesas. Tomé un café que debió contener la síntesis de los granos africanos, brasileños y veracruzanos. Me sentí capaz de jugar jabalina con las columnas del Templo de los Guerreros hasta que vi mis manos: un pulso que ameritaba un trasplante del doctor Madrazo. En el regreso a Mérida al fin mi zapato derecho justificó su aire marimbero con una trémula percusión sobre el acelerador.

Los favores del agua de agujeros. Antes de salir de Mérida había ido a Radio Rivas a recoger un "intransmisible" para el Festival de Trova. Un intransmisible es un boleto que sólo puede usar una persona, es decir, un boleto perfectamente normal al que por un metafísico sentido de la elegancia se le da un mote abstracto. Por lo general, el intransmisible es uniaprovechable (vale por un asiento), pero en esta ocasión excepcional era biaprovechable (un asiento y un paquete de Alka-Seltzer).

La terraza del teatro Peón Contreras se abría a los tejados de Mérida y al cielo lapislázuli de las seis de la tarde. Las butacas estaban llenas de huipiles, guayaberas, manos derechas que agitaban abanicos y manos izquierdas que sostenían las pastillas regaladas por los patrocinadores del concurso. No hubiera estado mal un *impromptu* de efervescencias, activar el carbonato de todas las pastillas: *Concierto para agua de agujeros*, grueguería musical en homenaje a Gómez de la Serna.

Cada grupo resultó capaz de superar la excelencia interpretativa del anterior. Las canciones románticas yucatecas surgieron con un virtuosismo casi insensato para el que acaba de recorrer los polvosos parajes del estado. Pensé en las insoladas plazuelas de Umán, Tekax y Motul, en los perros dormidos en una tarde lentísima. Aquellos tríos de guayaberas prestadas habían salido de ahí para perpetuar una de las más peculiares tradiciones yucatecas: las complicadísimas maneras de morir de amor.

BAJO LAS ASPAS

El acechón de mayo

De nuevo en Mérida. Otra vez el cuarto 22 y las imágenes recuperadas bajo las aspas del Express. Ya sin la obligación de dar paseos de reconocimiento, la ciudad revelaba pequeños portentos: la sombra cárdena de los flamboyanes a las seis treinta de la tarde, el sabor de la pitahaya (una sensación de aire cuajado en fruta), los barquitos de papel después de la lluvia, las muchachas ensayando bailes típicos con una botella en la cabeza, los dedos exactos trabajando "filigranita de oro", el tibio pan de nata del barrio de Santiago, las coplas de Jorge Peniche y Antonio Mediz Bolio en los rincones más inesperados, los pliegues de una ciudad que ya no iba a conocer el viajero de mayo. Aún me quedaban varios días, pero Yucatán se renueva tanto frente a los ojos que cualquier estancia parece un repentino "acechón".

Boquitas enfurruñadas

Pocas profesiones están a la altura de sus estereotipos y, dada la proclividad de la literatura a juntar extremos, no sería raro que pronto aparecieran novelas sobre aeromozas puritanas, marineros diabéticos, toreros minimalistas y contadores públicos fascinantes. En Yucatán el único trabajo que parece ligado a un sentido peculiar de la existencia es el de juguera. Todas se pintan la boca en color violeta y todas detestan que el mundo tenga naranjas. Los labios se fruncen cada vez que uno pide cualquier cosa, pero más cuando eso implica exprimir.

–Óigame, que esta pajilla ya ha sido usada –se quejó un español, mostrando un popote con una mancha de *billet*.

La encargada le dio otro, sin decir palabra. Sólo se comunican con los clientes con un mohín superior al odio. Cuando están de buenas se insultan entre ellas.

Esta vez el popote no tenía manchas pero no hacía falta un análisis de laboratorio para saber que había soportado muchas bocas. El español se resignó a no usar pajilla.

Las mujeres de las bocas violetas son la vanguardia del rencor, ya anticipan el momento en que los *dzules* se hundan en un mar en el que floten millones de naranjas.

La cultura cautiva

En Mérida hay una zona donde se atrapa al que se deje. El Triángulo de las Jaulas tiene sus vértices en el zoológico, el hospital psiquiátrico y la penitenciaría. Durante años ahí se respiró una atmósfera semejante a la del arca de Noé un día antes de que la paloma volara en busca de la ramita de olivo.

Para aligerar el clima, los presos fueron trasladados a otra cárcel y los enfermos mentales a otro hospital. El problema de qué hacer con tantos cuartos enrejados se resolvió cuando alguien recordó que la cultura es la retaguardia de la locura y el crimen. El hospital psiquiátrico se convirtió en la Casa de Bellas Artes y la penitenciaría en el Museo de Antropología. En el primer caso la solución fue excelente. Los pabellones se construyeron en una época en que se consideraba que el hombre (el loco incluido) necesitaba techos altos y estar rodeado de jardines.

El Museo de Antropología no corrió con la misma suerte. El arte maya es masivo y las estelas apenas caben en las antiguas celdas de la penitenciaría; más que expuestas parecen apañadas.

También convendría que los museógrafos revisaran su concepción de la estatura de los visitantes. Casi todos los museos mexicanos están espléndidamente planeados para espectadores de siete años. Si uno no es enano, la mejor manera de recorrerlos es en silla de ruedas: sólo así se logra la altura exacta para leer las cédulas.

Al salir, encontré a un guardia sorteando tortillas. Colocaba unas cuantas sobre una mesa y tiraba las más en un basurero. Se percató de mi mirada y comentó:

—Es la humedad que hay aquí; las compré ayer y mire: puro *cuxum* —y señaló el hongo verde en la tortilla.

El *cuxum* no debe de ser muy benigno para las piezas arqueológicas. Un mascarón de Chac con severa dermatitis empezaba a cuajar en mi mente cuando la realidad me ofreció un espectáculo mucho más atroz: una docena de ancianos norteamericanos con rostros irritadísimos, como si los hubiera bronceado un reactor nuclear.

—Son los operados —dijo el guardia, como si esto fuera lo más normal. Luego me explicó que en Yucatán las operaciones de cirugía plástica son muy baratas—. Se conoce que les gusta mirarse en las piedras.

Creí no haber oído bien, pero a eso iban, a recuperar la confianza en sí mismos viendo imágenes aún más desfiguradas. Según fray Diego, "no había animales ni sabandijas a los que (los mayas) no hiciesen estatua". Después de una cirugía plástica nada es tan reconfortante como ir a la húmeda mazmorra donde todas las deformidades son posibles.

Crucé la calle para llegar al Parque del Centenario, donde se encuentra el zoológico. La mayoría de la gente había ido a jugar volibol o a tumbarse en una hamaca. Pasé ante un coyote con sangre en el hocico, un lagarto con tan mala dentición que hubiera sido más amenazador con las fauces cerradas, un puma renco, un león dormido con los ojos abiertos. También había animales imponentes: el faisán dorado, muy parecido a un guerrero japonés de la época Edo, la pantera negra y el jaguar yucateco.

En un lugar donde es común llamarse Nancy Peggy no es raro que un jaguar se llame Deisy. Frente a la jaula de Deisy recordé la piel de un jaguar de mangle que vi en casa de un conocido. Estaba mal curtida y despedía un olor nauseabundo que había impregnado la casa entera.

Un barrendero me vio tan absorto que pensó que meditaba sobre las condiciones de vida de Deisy.

—… no… si ya nos vamos —habló como si continuara una conversación interrumpida—; los animales no tienen espacio suficiente, aquí sólo van a quedar especies menores.

Si el hospital psiquiátrico y la penitenciaría se convirtieron en centros culturales, tal vez "especies menores" es una manera cifrada de aludir a los poetas y pintores que pronto animarán las jaulas.

Señas de vida

Las ventanas de arcos de estilo mudéjar han sido tapiadas; la puerta tiene una sólida tranca y un candado inexpugnable. El óxido ha contribuido a blindar las cerraduras. Y sin embargo, el medidor de luz, expuesto en la fachada según la usanza de Mérida, no deja de girar. La ruina sin acceso tiene un aparato encendido.

Súper San Francisco de Asís

Dos cosas facilitaron la asimilación del monoteísmo cristiano en Yucatán: la existencia de un dios principal en la teogonía maya (Itzamná) y el hecho de que la cruz sirviera de percha para un huipil. Los altares de los pueblos son desfiles de trajes típicos.

Yucatán parece capaz de cualquier sincretismo; hasta los conquistadores se transfiguraron en deidades: los cuatro *bacabs* que recorren el cielo a caballo, blandiendo espadas centellantes. Cuando el primer queso de bola cayó de las manos de un pirata y rodó hasta llegar a una mestiza, surgió el queso relleno. Según me dijo Ruz Menéndez, la nao de China trajo a México un chile de Java que fue escupido por bocas de diversas latitudes hasta llegar a Yucatán, el único sitio donde lo calcinante podía ser un aderezo, y entró ahí con el pasaporte falso que conserva hasta la fecha: chile habanero. A principios de siglo se construyeron arcos triunfales que ostentaban mascarones del dios Chac con bigotes de manubrio al estilo don Porfirio. Hoy en día, el empeño de los franciscanos es recordado con una cadena de supermercados propiedad de una familia árabe. Pocas cosas se oponen tanto al voto de pobreza de la orden seráfica como el interminable despliegue de carnes, ultramarinos, latas y cuadripollos, pero no hay quien frene a los sincréticos del Mayab.

Uno de los establecimientos San Francisco de Asís tiene un pabellón morisco adosado al edificio principal. Durante dos segundos la clientela se siente en una alhambra; luego toma su carrito. Si alguien se detiene, puede advertir tres candiles versallescos y el emblema del negocio: San Francisco arrodillado ante una paloma con alas de murciélago. Adentro, hay nuevas mezcolanzas. Junto a la tradicional cebolla morada, piñatas en forma de Batman, Superman y el Hombre Araña. Luego, como para recordar que a esa alhambra ya llegó Carlos V, un estante con 25 marcas de veladoras: Luz Eterna, El Milagro, Las siete potencias africanas...

EN LA ACERA

Un viejo mosaico informa: Dolor de cabeza, muelas, resfriados. Rob 5 centavos.

LA PELOTA CALIENTE

En el *Diario de Yucatán* se pueden leer encabezados de este calibre: "Paradoja monticular; los patipálidos al frente en chocolates y pasaportes". Antonio Puuc Sabido, Gaspar A. López Poveda y Luis Rodríguez Reyes escriben en lenguaje cifrado para los millares de aficionados al beisbol. Sus crónicas son tan abstrusas como divertidas y están normadas por un desaforado fanatismo que nunca rehuye el humor –algo especialmente significativo en un lugar donde todavía es más elegante escribir "techumbre" que "techo" y "yucatanense" que "yucateco".

Como muchas otras cosas, la principal diversión de la península llegó de Cuba. De 1900 a 1920 una pléyade de peloteros negros visitó Yucatán, entre ellos el legendario Eusebio Cruz, el *Quince y Medio*, que se ganó su apodo cuando un cronista cronometró su carrera por las tres bases. En 1918 Felipe Carrillo Puerto y otros militantes del Partido Socialista del Sureste fundaron el equipo Yucatán Rojo. En 1922, ya como gobernador, Carrillo Puerto anunció la creación del primer estado socialista de América Latina y distribuyó más de 20,000 dólares en guantes, bats y pelotas, y dispuso que los Ferrocarriles del Estado transportaran gratis a los fanáticos. En la liga Carlos Marx militaban los equipos Soviet, Agrarista, Emiliano Zapata, Máximo Gorki y Mártires de Chicago. El beisbol arraigó incluso en las zonas mayas, donde hasta la fecha es posible escuchar frases aún más crípticas que las de los cronistas meridanos:

—*Conex, conex,* jugar béisbol: *tech picher, tech quécher y tech centerfil* ("vamos a jugar beisbol: yo de pitcher, tú de catcher y tú de centerfield").

En 1984, los Leones de Yucatán se coronaron campeones y la fanaticada se volcó a las calles para festejar durante varios días a sus imbatibles melenudos.

Así las cosas, no podía perder la oportunidad de ver un partido.

Encontré una larga cola en la parada de las combis. Todo el transporte público de Yucatán era utilizado para la campaña del PRI. El nombre de Carlos Salinas de Gortari se alejó en siete ventanillas traseras. Luego subí a otra combi proselitista.

—Nos deja en la puerta —dijeron dos señoras y luego discutieron con pericia sobre los pitchers relevistas.

El estadio Kukulcán se alza entre lotes baldíos y casas de un piso. En la entrada recibí un vale para una cerveza.

Se lo di a un cubetero. Me llamó la atención una pequeña vitrina, como las de los vendedores de gelatinas, llena de rollos de carne.

—Son *kibis* —dijo el vendedor y luego supe que se trata de la versión yucateca del *kebab*, otra contribución árabe al sincretismo.

Desde las gradas se dominaban los flamboyanes del sur de la ciudad. Las flores apoyaban al equipo local con sus frondas naranjas.

Mientras los Leones calentaban en el diamante, se oyeron los gritos de dos fanáticos. Estaban a punto de golpearse cuando el vendedor de cervezas llegó a separarlos.

—No te metas, pinche indio —gritó uno de los rijosos, que parecía el original de la cabeza de Palenque.

Entonces el cervecero lo retó a pelear con él.

—No seas caballo, un empleado no se puede pelear. ¡Cara de *pek!*

El vendedor, que en verdad tenía cara perruna, se quitó su camisola anaranjada, dando a entender que desde ese instante estaba desempleado, y arremetió contra la cabeza de Palenque: un cruzado a la mandíbula, un tope borrego, un preciso derechazo. Rodaron por las gradas hasta que los separaron. La policía arrestó al que había recibido más golpes. El otro regresó a su puesto, se puso la camisola anaranjada y gritó:

—¡Haaaaay cervezaaaaaaaaas!

Al poco rato hubo otro pleito.

—Sábado sangriento —dijo una mujer atrás de mí, feliz de la vida.

Fue lo más interesante de la tarde. Los Leones derrotaron con gran comodidad a los Algodoneros de Unión Laguna. No hubo quien no bostezara al menos una vez bajo el cielo que pasaba del turquesa al azul oscuro. La luna asomó en un nítido cuarto creciente. Los flamboyanes se unieron en la penumbra en una franja espesa, una sombra que se mecía con un rumor distante.

Al día siguiente, los frenéticos cronistas del *Diario de Yucatán* reinventarían el partido como si narraran la batalla de Borodino, con el placer que da escribir en un lenguaje cifrado que tiene 60,000 descifradores.

El pájaro astrólogo

Afuera del mercado encontré las escenas de desesperación que rodean la compraventa. Ancianas delgadísimas pidiendo limosna, cargadores a punto de venirse abajo con el peso de los costales, un olor a basura, sudor y cáscaras. No era el escenario más adecuado para escuchar mi suerte, pero me interesó que el pájaro tuviera "poderes planetarios".

—Aquí está Júpiter, aquí Venus... —el dueño del pájaro tocó los puntos de mi mano conectados con el cosmos. Cobraba mil pesos por planeta, de modo que me conformé con Venus. El hombre siguió moviendo los dedos en la palma de mi mano durante un tiempo suficiente para que alguien me robara la cartera, pero no hubo trampa. El pájaro hundió el pico en la cajita y sacó papeles suficientes para saber el efecto que el universo conocido tendría en mi vida. Repitió la operación hasta que encontró la papeleta de Venus.

El resultado: "¿Sientes en tu corazón una pena terrible que te agobia y te atormenta? Así lo veo y es que ciertamente te diré, no me gustan los engaños. Tu espíritu se encuentra navegando en el mar terrible de la duda, tienes que tener mucha fuerza de voluntad para tus amores y empresas si quieres ver coronada tu frente por el laurel de la victoria. Tu vida muy pronto cambiará y tus penas se trocarán en alegría, tu porvenir será risueño y tendrás riquezas pero tu salud vale más que el oro".

Los mayas en Brooklyn

Entre 1931 y 1941, según refiere Sir Thompson, la sede mundial de la superchería maya fue el barrio de Brooklyn, en Nueva York. Harold D. Emerson se proclamó sumo sacerdote, se cambió el nombre a Ahay Kan Mai Harold y abrió un templo para azoro de sus vecinos. Si el enorme puente de hierro conectaba al barrio con la isla de Manhattan, el periódico *The Mayan* lo conectaba con los arcanos del Mayab, o al menos eso pretendía el improvisado *h-men* de Brooklyn. La verdad sea dicha, *The Mayan* ofrecía predicciones no siempre astrológicas. Las espinacas eran promovidas en tono casi amenazante, lo mismo que la *gimnasia maya* (!). Sin embargo, la verdadera novedad del culto de A. K. M. Harold era que vinculaba el arte adivinatorio maya con la bolsa de valores. Los pecosos feligreses mordían su sándwich de pastrami y checaban en *The Mayan* sus posibilidades de inversión: "4 Cabán: compre General Motors; deshágase de Middle West Utilities". Los informes no debían ser tan disparatados, pues la secta esotérico-bursátil existió durante ocho años, bastante más que muchas consultorías financieras. Las predicciones de mi astrólogo del mercado parecen tan fundamentadas como las del *halach uinic* Harold, pero nada impide que tengan el mismo éxito y encuentre una balsa inflable en el "mar terrible de la duda", tan inclemente con los náufragos de Libra.

PASAJEROS
EN TRÁNSITO
II

LA COFRADÍA DE SAN BRUNO

De héroes y tumbas. En los sesenta, las playas desiertas eran una orilla del cosmos. Los capitalinos peregrinaban a las cinco lagunas de Chacahua en la costa de Oaxaca o a la playa Requesón en el Mar de Cortés para recibir las oleadas del universo. Quienes habían escuchado a Grateful Dead y tomado LSD despreciaban las otras rutas playeras, llenas de hoteles, niños que movían la panza por un veinte y *Bugs Bunnies* hechos de conchas. La arcadia psicodélica estaba en las arenas donde el hombre blanco aún no había dejado caer la primera varilla corruptora. Casi todos los jipis regresaron a la ciudad a curarse la disentería, pero algunos se siguieron de largo. La comuna que lleva 25 años de flotar desnuda en las lagunas de Agua Azul no sólo está al margen de las películas de moda; también acusa cambios orgánicos: las pieles superlavadas reclaman una funda de crustáceo y las miradas perdidas en la contemplación de las estrellas sólo parpadean cada vez que están a punto de chocar con el Voyager.

La experiencia jipi exige una integración total a la Tierra: llegado el día, el cuerpo se funde en un segmento telúrico y devuelve lo que tiene en préstamo. Después de la primera hégira que ofrendó bastantes elementos de la Tabla Periódica, hubo una segunda oleada de prófugos, impulsada no por lo esotérico y el trascendentalismo, sino por el sentido común. El D.F. irrespirable, violento, devastado por el terremoto lanzó capitalinos a todos los rincones del país. En Mérida algunos fuereños se han mezclado con yucatecos para activar grupos culturales como Plano Focal, que cada abril organiza un encuentro de fotografía, y la revista *Arcana*.

En el Café Express conocí a Gerardo, un escritor de *Arcana*, que se acarició la barba y me dijo que escribía prosa pero prefería la poesía. Al poco rato llegó Gerardo, otro escritor de *Arcana*, que se acarició la barba y me dijo que escribía prosa pero prefería la poesía. Los dos Gerardos piensan regresar pronto a la ciudad de México.

—Aquí está uno muy aislado; cuando viene alguien de fuera lo vamos a ver como si fuera una película de Tanner —dijo Gerardo Pérez Ávila.

—Y eso casi nunca sucede; a los escritores del D.F. no les interesa la provincia, todos escriben de la ciudad —dijo Gerardo Rodríguez.

Pensé que ellos, después de años de vivir en Mérida, escribirían de descendientes de esclavos, piratas, trovadores, beisbolistas, árabes y chamanes. Abrí *Arcana* dispuesto a encontrar dos tipos de sangres trasvasadas: la de Cabrera Infante y la de García Márquez. Pero está visto que para mi generación la provincia del hombre es un departamento semivacío, habitado por un gato y una muchacha de pelo húmedo, donde gira un disco de Pink Floyd, una silueta oscura bebe ginebra, el humo del cigarro sube en volutas hacia el techo y nos acordamos de lo mucho que queremos a Cortázar. Los textos de Pérez Ávila y Rodríguez revelaban a dos escritores dueños de muchos recursos, entre otros el de escamotear las peculiaridades locales. David Ojeda vive en San Luis Potosí, Alberto Huerta en Zacatecas, Luis Arturo Ramos en Xalapa, los dos Gerardos en Mérida, pero al escribir somos huéspedes de unas horas del mismo edificio. No era necesario ir a Yucatán para descubrir esto, pero siempre es bueno ver las flamas encendidas. *Nadie nos curará del fuego sordo...*

El poeta y ensayista Rodolfo Fonseca, además de colaborar en *Arcana*, ha formado un grupo político tan local que sólo tiene un miembro: él. Su idea es recuperar la tradición anarquista que floreció en tiempos de Carrillo Puerto y llenar la ciudad con pintas que alteren la libido y las mentes yucatecas.

Felipe Carrillo Puerto sigue siendo la figura de referencia de la izquierda yucateca. Desde su asesinato, en 1924, se duerme una siesta tan conservadora que la gente recuerda a Luis Echeverría como un visitante "socialista".

–Tienes que ver la tumba de Carrillo Puerto –me dijo Gerardo Pérez Ávila y creí que su entusiasmo se debía a la necrofilia que para muchos militantes de izquierda es un sucedáneo del triunfo: "¡La sangre de Felipe iba a dar hasta allá, era tanta que no cupo en la alcantarilla!" Me equivoqué, por supuesto. No me llevó a depositar una ofrenda a los caídos sino a un divertido paseo por el arte de la escultura fúnebre.

Los panteones yucatecos tienen lápidas que revelan todas las posibilidades de la arquitectura a escala, desde la Torre Latinoamericana hasta la Basílica de San Pedro. Los diminutos edificios están pintados en tonos pastel; predominan el azul, el verde y el amarillo. Además el camposanto es recorrido por automóviles; el minibús hace parada en una tumba con un pequeño Partenón. El pueblito de los muertos es un barrio tan activo como cualquier otro.

Gerardo había pasado por mí en compañía de Patricia, su esposa, y sus hijos Luis y Emiliano. Al llegar a la tumba de Carrillo Puerto, Emiliano dijo:

—Aquí vinimos con Cuauhtémoc Cárdenas —a sus cuatro años estaba orgulloso de haber conocido a un héroe.

Frente a la tumba de Carrillo Puerto está la de la periodista Alma Reed, la *Peregrina* de Ricardo Palmerín.

Ya nos íbamos cuando Emiliano empezó a llorar:

—¡Quiero ver más tumbas! —no era difícil compartir su tristeza por regresar a la ciudad de casas grandes. Lloró hasta que llegamos al Paseo Montejo y sólo un helado gigante hizo que olvidara el cementerio.

Los jardines nocturnos. Ciertos rostros envejecen de manera tan carismática que imaginarlos de jóvenes casi equivale a negar su destino. Resulta insultante buscar las fotos de pubertad de Einstein, Canetti, Russell o el Dr. Atl. Sin embargo, siempre existe la posibilidad iconoclasta de que hayan sido jóvenes; en tal caso, el Dr. Atl debió verse como Miguel Ángel Martínez.

Miguel Ángel llegó a Mérida hace ocho años, procedente de la ciudad de México. Es un pintor de marismas que vive de hacer barcos camaroneros. De día trabaja en el astillero Albatros y de noche graba en un aparato que resume sus habilidades técnicas y artísticas: una máquina para hacer tortillas adaptada como prensa de grabado. En Yucatán los artistas no disponen del circuito alfombrado de becas, premios, asesorías o puestos en la burocracia ilustrada, lo cual fomenta una venturosa relación con la vida práctica. Cuando el artista capitalino hace una excursión a *lo concreto*, llega a la sociedad civil, la última frontera "práctica" en la que bebe café, tallerea (cuentos, no coches) o se roba un libro español; a lo lejos, como en los mapas antiguos, atisba un borroso infierno de tuercas, hélices, embudos y bobinas.

En Yucatán el hombre práctico se combina sin trabas con eso que los alemanes llaman "hombre espiritual" y los franceses posteriores al caso Dreyfus "intelectual". Víctor Rendón es fotógrafo y guía de zonas arqueológicas (por lo que a veces recibe el apodo de "Catherwood"); el artista plástico Ariel Guzmán no se arredra ante ninguna posibilidad del lenguaje multimedia, incluyendo una colección de camisetas decoradas con tucanes punk; Rafael Parres combina la confección de ropa con la escritura de una novela autobiográfica; el fotógrafo Ignacio Rivero acaba de abrir una pizzería con rock en vivo.

El grupo Plano Focal (al que también pertenecen los fotógrafos Rosario Chable, Andrew Xenios y Eduardo Arco) tiene dos polos magnéticos: el Café Express y la Playa de San Bruno. Miguel Ángel me presentó con ellos y un domingo subimos al Volkswagen de Víctor Rendón para ir a Progreso. Los conocimientos de Víctor no se limitan a las zonas arqueológicas. Me llevó al lugar exacto donde estaba la Nevería Milán, habló de helados y chufas con un sabroso poder de evocación, el equivalente visual de la magdalena sopeada por Proust, y en Chicxulub me enseñó los escenarios de *La casa en la playa*, del yucateco *emigré* Juan García Ponce.

Tal vez por ir en compañía de tantos artistas visuales el aire me limpió los ojos para ver la prodigiosa Playa de San Bruno. Dejamos los coches en un extenso bosque de palmeras y llegamos a la arena, un polvo finito que iba a dar al agua turquesa.

Los días de la playa están contados. En unos meses las oprobiosas banderitas de los fraccionamientos serán colgadas de un bosque enfermo (está por llegar una plaga de Miami que aniquila las palmeras). Sólo quedarán trozos del paraíso: los cuadros y las fotografías de los pasajeros de la Arcadia.

En la madrugada, después de un desfile de cervezas, sol, música de Gerardo Bátiz y Fito Páez, alguien decidió que era el momento ideal para visitar jardines.

En un terreno yucateco es más fácil encontrar piedras trabajadas por los mayas que tierra cultivable. Al dinamitar una laja para sembrar almendros, Víctor Rendón dio con unas rocas que a la luz de la luna parecían ofrendas a un dios pálido.

A una hora ya inverosímil fuimos al rancho de Miguel Ángel, donde se habló del cultivo de aguacates, nopales y tamarindos. Escuchamos el canto nocturno del pájaro *xpujuy* y vimos la casa que Miguel Ángel construye en sus ratos libres; no hay piedra ni viga que no haya pasado por sus manos. De nuevo cobré conciencia de mi inutilidad citadina.

Llegué al hotel un poco antes del amanecer, los ojos saturados de entusiasmos que me impedían dormir. Traté de aburrirme imaginando un simposio sobre Arte y Realidad. Lo logré. He olvidado mi narcótica ponencia, pero no la verdad que encerraba: en el mejor de los casos, el habitante del D.F. puede hacer del arte una forma de vida, la cofradía de San Bruno ha hecho de la vida una obra de arte.

El hijo del Santo. Mardia, la esposa de Rafael Parres, llegó a la Posada Toledo y preguntó por Juan Orol. El nombre no figuraba en el registro y ella tuvo que describir al huésped. Resultó que Juan Orol era yo. El motivo de la visita era apropiado para la confusión: íbamos a ir a los espectaculares *relevos australianos,* a tres caídas sin límite de tiempo.

—¿De veras no te llamas Juan Orol? —le parecía inconcebible que no fuera el tocayo completo del rey del hampa cinematográfica.

En el camino al deportivo recordé la película *Gángsters contra charros*. No hay duda de que Juan Orol vivió para obedecer a una musa personalísima. Sin embargo, en algún momento recibió el acoso del eterno cuchillo de obsidiana: "te falta mexicanidad". ¿Cómo ser nacionalista sin traicionar a su musa tatuada? Orol nunca tuvo problema para expresarse en ráfagas de metralleta y decidió que una mafia de charros se enfrascara en una trifulca con sus clásicos gángsters. Sin embargo, no se molestó en idear escenas donde aparecieran caballos. Los charros, al igual que los gángsters, ¡tendrían su oficina! El experimento nacionalista de Orol desembocó en una gozosa extravagancia: ¿cómo olvidar a los charros que "atienden" frente a sus lápices afilados?

El Deportivo San Juan merecía a un cronista digno de la confusión de Mardia. Orol no hubiera podido pasear sus lentes oscuros ante esa multitud sin concebir alguna genial atrocidad.

Rafael había pedido boletos de primera fila.

—¿Viene con señoritas? —le preguntó el vendedor.

—Sí.

—Mejor le doy segunda fila, no sea que le caiga un luchador a la dama.

El Deportivo San Juan es un graderío al aire libre. Quizá debe su nombre a que los muros recuerdan el presidio de San Juan de Ulúa. Nos sentamos en segunda fila, bajo una incipiente llovizna. El lugar estaba atestado para ver al Hijo del Santo. En el *ring side* un luchador local lucía la cabellera de un Byron oxigenado junto a una rubia maquillada por Orozco. Casi todos los niños llevaban máscaras de sus luchadores favoritos; de cuando en cuando, pequeñas efigies de Blue Demon, el Santo y el Huracán Ramírez se alzaban en las tribunas. También abundaban las mujeres enardecidas:

—¡Trío de putos...! Exótico: ¡chinga tu madre...! ¡Ése tiene SIDA!

El anunciador, apostado en una celdilla al fondo de las gradas, presentó a los campeones yucatecos que participarían en la pelea preliminar. Salieron tres morenos que realmente parecían triunfadores, pero de la Liga del Panucho: caían a la lona con la contundencia de su sobrepeso. Aunque eran los favoritos sentimentales, pronto quedó claro que su mayor virtud era desplomarse. Fueron ultimados por el Hermano de Rosa Salvaje, el Pipiripao (que bailó a ritmo de cumbia después de lograr una *quebradora*) y el escabroso Exótico, quien retó a subir al ring a un chaparrito de guayabera que le había gritado "pinche puto" durante toda la lucha.

El triunfo de los rudos sobre los campeones locales estimuló al máximo la capacidad de injuria del público. La llovizna arreció en el momento en que el locutor anunciaba al hijo de la leyenda... el retoño de plata... el vástago del luchador más grande de todos los tiempos. El público se transformó en el acto:

—¡San-to, San-to, San-to!

El Hijo del Santo subió a la lona húmeda y le tendió

la mano a los adversarios. El Catedrático, Espartano I y el Torbellino de Tabasco rehusaron saludar al educado gladiador.

—¡¡¡¡Tienen SIDA!!!! —rugió la multitud, y esta vez los rudos no se quedaron callados:

—¡Pinches indios!

Casi todo el público era de origen maya.

Según conviene a la épica, los aliados del Hijo del Santo resultaron un desastre: él solo tuvo que superar las variadísimas trampas de los tres adversarios.

Casi al final de la pelea, Espartano I cometió un error de principiante: trató de quitarle la máscara.

—Nada enfurece tanto al Hijo del Santo como que le quiten su querida máscara —dijo el locutor en el tono en que los merolicos dicen "pasen a verlo, pasen a conocerlo: el animal más raro del mundo".

El ídolo se olvidó de la lucha amable y aplicó una fulgurante serie de *palomas, tijeras, tapatías, quebradoras* y remató con un doble tope suicida que aniquiló al Catedrático dentro del ring y a Espartano I fuera de las doce cuerdas. Y faltaba lo mejor: la furia de Espartano I. El réferi, que hasta entonces había tenido una vista muy gorda para las porquerías de los rudos, declaró terminada la pelea. Espartano I se levantó del rollizo espectador sobre el que había caído, tomó una silla plegadiza y estuvo a punto de decapitar al hijo de la leyenda. Entonces el ídolo hizo una seña sólo comparable a un movimiento del *kabuki* o a un pase torero, entró al gran teatro de los gestos: … ¡¡el Hijo del Santo señaló su propia máscara!!

—¡Ofrece máscara contra cabellera, señores! —el locutor explicó lo que todo el mundo había entendido.

Hubo dos movimientos opuestos, el público se puso de pie y Espartano I se arrodilló. El villano pedía clemencia mientras el Torbellino de Tabasco salía en camilla, genuinamente lastimado por una ciclónica caída sobre el filo del cuadrilátero.

—¡San-to, San-to, San-to! —los aficionados eran una sola bestia que olfateaba sangre.

Las miradas ya buscaban al peluquero que trasquilaría la melena maldita (el Hijo del Santo no podía perder un desafío que involucrara su máscara de plata). Pero la cobardía de Espartano I no tuvo límite. Después de besar sus dedos en cruz y decir que no volvería a ser tramposo, arremetió con la silla contra la multitud que lo rodeaba. El ring era el sitio de menos interés del Deportivo San Juan. El espectáculo era el público: los fanáticos empapados no dejaban de insultar a Espartano I, que se batía en retirada bajo una granizada de vasos de cartón.

El Hijo del Santo volvió al cuadrilátero, magnífico bajo la lluvia; se puso la capa, alzó los brazos para que la iconografía se completara y recibió una ovación de religiosa intensidad.

El Hijo del Santo y sus rabiosos antípodas dieron una función tan notable que llegamos a la fiesta en casa de Víctor Rendón hablando del doble tope suicida. Entonces Víctor le dio un nuevo sesgo a la leyenda. La fotógrafa Lourdes Grobet hizo un portafolios sobre la lucha libre y le contó cómo era el Santo *sin* máscara.

—El típico mexicano —dijo Víctor.

—¿Tenía bigote? —pregunté.

La respuesta afirmativa de Víctor Rendón desató una polémica sobre los iconos nacionales. Rodolfo Fonseca esgrimió la tesis, aparentemente demostrable, de que el Santo *no* podía haber tenido bigote:

—Le hubiera raspado la máscara.

—Pero no puede haber héroe mexicano sin bigote, desde Zapata hasta Vicente Fernández —terció alguien, lo cual sólo sirvió para atizar la infinita capacidad retórica de Rodolfo.

A las tres de la madrugada nos convenció de la tragedia del Santo: no sólo había vivido para ocultar su identidad sino el bigote de los héroes legítimos; al rasurarse refrendaba su supremacía en el cuadrilátero —el ídolo de la máscara ajustadísima— y consumaba una apostasía.

Usar barba es una forma de estar oculto de cuerpo presente. Rodolfo parecía muy capaz de establecer una nueva conexión con las máscaras. Salí de la fiesta antes de que Miguel Ángel Martínez y yo fuéramos sometidos a una hermenéutica de las barbas.

EL CORREO DE DIENTES Y LA CAMISA DE CUATRO MINUTOS

Primera toma. Un hombre camina por Rodeo Drive con una rolliza bolsa de plástico; tiene un hoyo en la suela y sus preciados calcetines fosforescentes están a punto de rasgarse. En Los Ángeles, donde el simple hecho de caminar es un signo de fracaso, no puede haber nada más deprimente que un recorrido de muchas cuadras rumbo a una extraeconómica lavandería coreana. Una bota rota –y activa– es algo tan ruin que su dueño merece un sustantivo en español (o lo que sus compatriotas consideran español): es un *desperado*. Sin embargo, al llegar a la lavandería encuentra una oferta que le permite seguirse colando al sueño americano: la compañía Viva Zapato repara suelas a precios zapatistas. En una sociedad de desecho, la reparación es un acto de ignominia, pero en ese momento de privacidad ante un mostrador con ropas arrugadas nada resulta más fácil que dejar las botas y guardar los calcetines en los bolsillos para regresar a la avenida. Ya en Rodeo Drive, el *desperado* se da cuenta de que ha hecho el movimiento correcto: los pies descalzos inspiran respeto en una ciudad con gran densidad de gurús. Y se sentiría aún mejor si supiera que sus tres dólares le darán un toque internacional a su ropa: acaba de mandar sus botas por correo aéreo a Yucatán.

Segunda toma. Un *linebacker* de los Petroleros de Houston se somete a las maniobras que el dentista realiza en su boca. Si hubiera sido tan manso en el estadio no necesitaría tres coronas de porcelana, pero su boca siempre ha sido un instrumento de la furia (su sonrisa en la portada de *Deporte Ilustrado* hizo que muchos aficionados cambiaran de equipo). El doctor manda las muestras al laboratorio y protege la accidentada dentadura para que en la próxima jornada se pueda trabar en el estadio de los Tres Ríos. Lo que no sabe el *linebacker* es que viajará en dirección opuesta a sus dientes: mientras él se lance en pos de la tibia de un Acerero de Pittsburgh sus dientes serán delicadamente elaborados en Mérida.

Al otro extremo de la línea de los zapatos y las coronas dentales está Luis Iturbe, maestro de los negocios complicados, un ajedrecista que sólo se divierte de la jugada 20 en adelante. Después de estudiar un posgrado en administración de empresas en Harvard, hizo un movimiento digno de Günter Wallraff, Hunter S. Thompson y otros periodistas a los que les gusta sufrir de incógnito: presentó su solicitud para entrar de vaquero en el principal rancho ganadero de Texas. Su currículum era atroz para lazar vacas, pero con tal de librarse de su insistencia, la central en Houston lo mandó a un "lote de engorda" en la punta norte del estado. Ser el único chicano le dio el privilegio de "sacarse" todos los sorteos para los patrullajes nocturnos y de recibir el más renegado de los caballos, *Ears*, que temía a las cercas como si demarcaran el infierno ecuestre. Después de un año de lidiar con *Ears* y de cuidar las cabezas de ganado de John Wayne, Dustin Hoffman y otros célebres inversionistas del rancho, decidió que conocía el negocio lo suficiente para instalar un "lote de engorda" en México. Como era de esperarse, al regresar al país esto no le pareció suficientemente intrincado.

En Yucatán la tierra es tan árida que los aguacates se plantan con cartuchos de dinamita. Diego de Landa escribió en plena insolación: "Yucatán es una tierra la de menos tierra que yo he visto, porque toda ella es una viva laja, y tiene a maravilla poca tierra".

En esta "tierra de tan poca tierra", donde sólo sobreviven el henequén y los cebúes, Luis Iturbe decidió probar fortuna con vacas lecheras (después de recibir la estimulante información de que estaba en la zona con menos producción lechera del país). El nombre del rancho parecía tan promisorio como el proyecto: Boca sin Salida.

Las haciendas henequeneras tenían un sistema interno de transporte, el *truck*, un carricoche sobre rieles tirado por un caballo. Boca sin Salida fue una pequeña hacienda henequenera y conserva su tendido de rieles y un *truck* al que subimos perfectamente secos y que Luis Iturbe insistió en seguir conduciendo cuando se declaró una tormenta digna de Indochina. Mientras el caballo saltaba charcos, yo trataba de mantener mi precario equilibrio y seguir las explicaciones de Luis:

—Todo esto salió de una guía de pasto que traje en la bolsa de la camisa —y señaló un pastizal vastísimo—. Hicimos miles de pruebas y éste es el único pasto que prende en Yucatán.

La mayoría de los viajeros carecemos de autoridad botánica; sin embargo, no se necesita un dictamen de Chapingo parar saber que aquellos prados son un portento.

Del *truck* saltamos al lodo y regresamos a la ciudad.

—Aquí lo que no cambias por nada es la calma —me dijo en Mérida. Ninguna frase podría ser más contradictoria para alguien que vive con la tranquilidad de un piloto de la escudería Honda. El año pasado, por razones que no entendí muy bien, tuvo que volar 33 veces a la capital para coordinar los desplazamientos de los empleados de unas granjas polleras.

Y ahí no acaban los crucigramas. ¿Qué producto resulta muy caro en Estados Unidos, es fácil de transportar y debe ser fabricado a una velocidad que descarte a los competidores del Oriente? La respuesta no tardó en llegar: ¡dientes postizos! A nuestra golpeada economía no le queda otra que escupir incisivos y premolares. La idea hubiera sido irrealizable sin un dentista reconocido en los Estados Unidos, pero afortunadamente los yucatecos se especializan en profesiones imposibles, desde aquel legendario gondolero que recorría los canales de Venecia cantando "Peregrina" hasta Rafael Ray Domínguez, quien estuvo 26 años en la fuerza aérea norteamericana dedicado a la odontología.

El doctor Domínguez me mostró el laboratorio Ray Tec donde hace 1,000 piezas al mes. Cada muestra llega de Houston con el nombre del paciente y unas quince indicaciones. Eso basta para que Domínguez y su equipo hagan una pieza de milimétrica exactitud para una boca que jamás han visto. En el laboratorio vi a una de las empleadas trabajar el diente del señor Richard Livingston; el pincel se sumía pacientemente en la paleta con polvos de porcelana (todos se ven blancos, pero al contacto con el calor dan tonos distintos). Después de las explicaciones de Domínguez, colorear un diente me pareció tan arduo como copiar un Cézanne.

La salida a los Estados Unidos ha sido común para los yucatecos. Mis tíos abuelos estudiaron en Nueva Orleáns porque les fue más fácil llegar allá que a la ciudad de México. Rafael Domínguez quería ser aviador y nada le pareció más sencillo que enrolarse en la fuerza aérea norteamericana. Lo que ignoraba es que iba a ingresar a una sociedad autosuficiente que requería ingenieros, médicos y dentistas. Durante 26 años ascendió de grados tapando muelas y estuvo tan cerca de la acción militar como cualquier dentista de Mérida. Ahora no se quita los lentes de aumento ni para leer el periódico; la actividad forzosa se convirtió en una pasión que sólo interrumpe para resolverle dudas a los dentistas que le hablan de Estados Unidos.

Además de dientes, Luis Iturbe desplaza zapatos a grandes velocidades, o no tan grandes: el negocio no prospera por culpa del denso tráfico de Los Ángeles que hace que las botas texanas y las sandalias pierdan su avión a Mérida. El remedio parece ser trasladar Viva Zapato a una ciudad más transitable.

Del laboratorio fuimos a una maquiladora de ropa donde todo mundo estaba feliz porque acababan de pasar de las blusas categoría C a las categoría B, es decir, de los almacenes —y los precios— de segunda a los de primera.

El ingeniero Juan José Martínez me explicó que una buena costurera podía hacer una blusa categoría B en un día de trabajo.

—En cambio, si el trabajo se reparte entre 100 personas, cada una concentrada en una actividad, la blusa está lista en 44 minutos. Nuestra especialidad es el tiempo; yo le puedo calcular en cuánto tiempo está hecha cualquier camisa.

Le pedí que calculara la mía y tuve que resignarme a recorrer la fábrica con la desoladora sensación de tener puesta una camisa de cuatro minutos.

Los dedos de las costureras se mueven con una celeridad que causa vértigo. En los cuatro minutos que aparentemente se emplearon en hacer mi camisa vi el recorrido de un hilo falso que sirve para moldear un cuello y que al final se extrae como en un truco mágico. Las telas de seda *líquida* y esencia de seda vienen de Corea del Sur.

En Yucatán se habla de las maquiladoras como de la salida de emergencia para una economía sin industria, minas, agricultura, petróleo, ganadería ni turismo en masa. El palacio municipal de Motul se ha convertido en una inmensa sastrería; en el piso de abajo se despachan los asuntos de gobierno y arriba se hacen blusas de exportación. En la carretera a Progreso han surgido maquiladoras construidas como los hoteles Misión; edificios sinceramente prefabricados, pero que no escatiman arcos coloniales. Hacer que las yucatecas sean velocistas del bies y del pespunte puede justificar algunas frases de Informe de Gobierno —"se abatieron los niveles de desempleo", etcétera— pero en modo alguno resuelve los problemas de fondo:

—Es cierto que las maquiladoras emplean gente, pero no la capacitan —me dijo unos días después el historiador francés Michel Antochiw, quien vive en Mérida desde hace varios años–; mover un dedo de arriba abajo no es una especialidad, es un tic tecnológico; Yucatán se está convirtiendo en una subCorea, aquí se le maquila a los maquiladores; no se han ganado mercados por eficiencia sino porque se puede ofrecer una mano de obra baratísima; las costureras tienen que estar chingadas para que el negocio sea costeable; en cuanto quieran ganar más, los dueños del mercado (que por supuesto no son yucatecos) volverán a maquilar en Corea o en Hong Kong. Yucatán, la región más apartada del país, se ha convertido en una economía fronteriza, como si colindara con los Estados Unidos.

No es difícil imaginar el día en que se cumpla la profecía de Antochiw y los dueños abandonen sus Singers a la herrumbre. Las maquiladoras también tienen eso: la inversión es tan baja que cerrar el negocio no implica perder gran cosa. Es absurdo imaginarlas como proyecto a largo plazo. En realidad, son muy pocos los negocios yucatecos que incluyen la noción de riesgo. Luis Iturbe es como un personaje de Joseph Conrad en un papel de Sinclair Lewis. Llegó a esa península devastada por la crisis a apostarle a causas perdidas que a veces se convierten en empresas. Los dientes y los zapatos viajan en avión en lo que a él se le ocurre otra rareza que mandar al cielo.

UNA *GRECA* EN LA ITALIANA

A las nueve treinta de la mañana solía visitar a don Rodolfo Ruz Menéndez en su oficina; traspasaba el umbral del Historiador de la Universidad y recibía el aire acondicionado como la primera de muchas noticias frescas. La sabiduría de Ruz Menéndez se extiende a temas variadísimos. En mi caso decidió empezar por mi apellido yucateco:

–Los Milán descienden del factor de naipes y tabaco de Progreso.

Luego me habló del ajedrecista Carlos Torre, el henequén, las iglesias franciscanas, el estrabismo entre los mayas, las mercancías de la nao de China, la influencia cubana en Yucatán.

En mi penúltima visita, comentó:

–Lo único que le falta es conocer un café –se refería, obviamente, a la tertulia en la que participa todos los días.

Por lo general, los yucatecos prefieren no recibir visitas en sus casas. La gente vive para derrotar el calor y la casa es el único sitio donde puede estar en calzones, tumbada en una hamaca, con el refrigerador a la mano (lo cual significa que casi siempre se encuentra en la sala). Las paredes ostentan flotillas de viejas fotografías; todo lo demás tiene un aire provisional. Así las cosas, resulta mucho más cómodo reunirse en un café. Mérida es, sin duda, la ciudad mexicana con mayor densidad cafetera. La gente tiene su horario fijo para ir al Louvre, el Express, el Nicte-Ha, la Flor de Santiago, el Alameda, el Congreso, La Italiana.

En la ciudad de México, donde el agua mineral se usa como instrumento de tortura (los chorros de Tehuacán en las fosas nasales han provocado más confesiones que las benditas aguas de Lourdes), no es de extrañar que el café sea infame. En Mérida una taza de mal café llegaría a la primera plana del *Diario de Yucatán*.

En los cafés, los yucatecos despliegan el arte de la conversación y se atienen a sus convenciones. Todo mundo es "don Fulano" y si se conoce su trayectoria no se le debe escatimar un "ingeniero", "arquitecto" o "licenciado". Los cafés no son espacios de la indiscreción sino de las noticias civiles, del habla cortés que evade el enfrentamiento: "corríjame si me equivoco...", "salvo su mejor opinión..." El expositor se descalifica con elegancia, siempre habla como "abogado del diablo" o "a reserva" de algo. La polémica es concebida como una esgrima de altura en la que ambos contendientes prefieren no tener razón. Esto da lugar a intercambios que prosperan con el ritmo y el ingenio de la comedia del arte. Las intrigas, los celos, los chismes corrosivos, las pasiones desaforadas se comunican por vía distinta. La otra cara de las tertulias son los anónimos. En una ciudad tan pendiente del quédirán los secretos valen oro. Los anonimistas se encargan de expresar lo que todo mundo sospecha pero nadie puede decir abiertamente (en una sociedad cerrada, un descalabro personal compromete a todos sus allegados) y envenenan las vidas ajenas de la manera más divertida posible. El sarcasmo y el encono, tan contenidos en las tertulias, afloran sin trabas en los anónimos. La *Antología de la difamación yucateca* sería un capítulo volteriano de nuestra literatura. Por desgracia, los agraviados prefieren entregar a las llamas estas eficaces muestras de ingenio y mala leche.

En La Italiana, la tertulia se desarrolla con una sofisticada erudición. Sin embargo, lo escondido del local hace que las reuniones tengan un aire de conjura. Para llegar al café hay que atravesar un supermercado, subir las escaleras y recorrer un almacén de muebles.

Don Rodolfo me presenta con el Comandante Gajate, ex director de la Academia Naval de Cuba, que está en Mérida para ver a sus familiares. La ciudad es un punto de encuentro de los cubanos de Miami y La Habana.

Cada quien pide una *greca* (un exprés) y la conversación gira en torno al Comandante. Se habla de submarinos y maniobras navales, del *Marne* y la fatal decisión del Capitán Cervera de combatir con barcos que llevaban décadas fondeados en la costa y tenían largas barbas de musgo.

—Si los hubieran "rasurado" el cuento habría sido distinto —dice Gajate—; se perdió por las algas, pero el código de honor a veces exigía una derrota: "Más vale honor sin barco que barco sin honor", ése era el lema.

Rodolfo Ruz Menéndez despliega su erudición. Habla del cocinero yucateco a bordo del *Potrero del Llano* y del marinero de Campeche que estuvo en Trafalgar.

El Comandante Gajate nació en Sancti Spiritus. Un alumno de don Rodolfo le pregunta:

—¿Conoce usted al Gran Roblini, un mago de Sancti Spiritus que ahora vive en Venezuela?

Claro que sí. Eran vecinos. La conversación pasa de las batallas a los trucos de Roblini, quien lleva sesenta años sacando monedas de las orejas y adivinando destinos asombrosos.

—La próxima vez que lo veas dile que también eres adivino, que su hermano se llama Luis y es así de gordo, lo vas a impresionar. Por cierto que en Cuba hay unos tipos que se llaman "picadores". Viven de vender memoria; conocen a todo mundo y al ver a alguien en un café le dicen: "Tú eres Fulano, casado con Mengana; soy amigo de Perengano" y lo van envolviendo hasta que el otro siente que tiene que ayudar a ese menesteroso que es como de su familia.

—¡Cuánto trabajo para no trabajar! —comenta el periodista Oswaldo Baqueiro.

Luego se une a la mesa don Antonio Betancourt, el último político radical que ha tenido Yucatán. Llega con una pila de revistas que le manda la Embajada Soviética. Alguien comenta por lo bajo que recibió la Medalla del Soviet Supremo por su gestión como diputado en los años cuarenta.

Betancourt dirige la conversación a los males que, aunque le pese a Unamuno, sí son de España. La actual fascinación de los yucatecos por Miami viene del culto al hispanismo que nunca pudo ser mitigado. En Mérida se sigue celebrando el día de la conquista española:

—El hispanismo preparó el terreno para la dominación americana.

El Comandante Gajate lo escucha respetuoso. A fin de cuentas ambos hablan de oportunidades perdidas, de mundos que sólo existen en esa mesa. Betancourt reparte los ejemplares de la revista soviética y Gajate cuenta que unos meses antes de salir de Cuba un amigo le dijo que iban a ser destruidos los archivos de la Audiencia de Puerto Príncipe, donde estaban todas las transacciones realizadas desde tiempos de Isabel La Católica.

–¿Me puedo sumar a la destrucción? –preguntó Gajate y empezó a sacar documentos escondidos en un ejemplar de *Revolución*. Luego los envió por correo a Miami. Así logró formar uno de los principales archivos del exilio (que él llama "destierro").

–Los cubanos nos han dado muchas cosas –tercia don Rodolfo–; a cambio, les dimos al dictador Fulgencio Batista, descendiente de los esclavos traficados de Yucatán a Cuba.

El Comandante cuenta que Batista atropelló a una muchacha y luego se casó con ella. Sólo podía querer atropellando. Don Antonio se encarga de encontrar símiles con los tiranos nacionales. Llega el momento de recitar versos populares. Sólo se me graba uno: "El sol sale de oriente y el óxido de occidente".

Estamos en un tiempo suspendido, donde los temas de actualidad son un mago sexagenario de Sancti Spiritus o una batalla naval que pudo ganarse con barcos más veloces. Las decisiones fatales de hace treinta años parecen perfectamente corregibles.

En los cafés, la memoria trabaja como los "picadores" cubanos, un juego de reconocimiento donde lo lejano y aun lo nunca visto adquieren fabulosa cercanía. Termino mi *greca*. Desvío la vista a la sección de muebles de la tienda. Colchones de hule espuma decorados con flores de hibisco. Una vendedora de pelo pajizo bosteza mansamente. Nos despedimos y me quedo con la misma sensación de quien maneja de noche y de repente, al entrar a una hondonada, deja de escuchar el programa que salía de la radio; parece imposible que el mundo real sea esa deriva en la oscuridad: los faros barriendo arbustos inescrutables, un momento nulo, la soledad del camino en el que se apagan las expertas voces de los locutores.

LAS ASPAS, TODAVÍA

Pavo huido

Lewis Carroll y Sergio Pitol han bautizado a dos impostoras como *falsas tortugas*. La *mock turtle* no es otra cosa que el caldo de ternera que se hace pasar por sopa de tortuga. Algo similar ocurre con el *pavo huido*, que consiste en un relleno sin pavo que lo contenga. En mi casa las fechas clave se celebran con un pavo inexistente. La mesa nos atrapa en un estrecho círculo del sureste donde los invitados son amablemente tratados como *huaches*, es decir, tienen el privilegio de comer "relleno negro".

El primer signo de independencia de mi madre fue hacer cochinita. Ya no vivíamos con la abuela y aquel adobo en hoja de plátano significaba que ahora ella estaba a cargo. Como el célebre alemán que transformaba sus sentimientos en sopas, mi madre asumió la cocina como un asunto de carácter. Escribió un libro sobre Strindberg y luego lo puso en escena en sus comales. A tal grado que un día Alberto Blanco, un goloso de la comida frugal, al pasearse por la cocina y ver los peroles borboteando con salsas temperamentales, preguntó asombrado:

—¿Qué es esto, una receta esquimal?

Un condimento típico incluye: chile ancho, chile *xcatic*, sal, pimienta molida, ocho pimientas de Tabasco, una cabeza de ajo grande pelada, diez clavos *de comida* (aclaración típicamente yucateca), veinte hojas de orégano y dos ramas de epazote.

En algunos guisos el pavo huido apenas se insinúa; entonces se llama *recado* de relleno negro. La comida yucateca es el ritual panteísta donde los guisos convocan aves y mandan recados.

Pensé que para mí Yucatán sería un verdadero Festín de Edipo. Y en verdad lo fue: todos los guisos me parecieron peores a los de mi madre. Sin embargo, esto no impidió que me aficionara a los panuchos de Los Almendros hasta que un día escuché una vocecita atiplada que me decía:

—¿Podemos charlar contigo, hermano?

Alcé la vista para encontrar a dos muchachas del grupo Mundo Nuevo. El tránsito de la comida yucateca a cualquier otra cosa es tan arduo que no supe cuándo dejé de masticar ni cuándo me pusieron unos audífonos en la cabeza. Las muchachas me hicieron oír un casete de salmos acompañados con fervorosas maracas. Una era de Nuevo León, la otra de Guanajuato, y habían ido a vivir a Mérida para propagar la palabra de Jesús. Si la imagen de un comensal con audífonos ya era bastante notoria, el silencio creció a mi alrededor con el "regalo" de las muchachas. Me tomaron de las manos y pidieron que repitiera:

—Jesús…

—Jesús…

—murió por mí…

—murió por mí…

De soslayo vi a un hombre con los ojos llenos de lágrimas, aunque no supe si a causa de la letanía o de su ingestión de chile habanero. Recité hacia el mantel (no creía que las muchachas, con toda su devoción por el prójimo, quisieran exponerse a los efectos de la cebolla morada); de cualquier forma lo hice más alto de lo debido. Un hombre de una mesa muy lejana se acercó a decirme un elogio hípico:

—¡Qué estampa!

En El Tucho la comida fue menos accidentada. Encontré varios huéspedes permanentes del hotel con sus amantes oficiales o *chuletas*. Un aire solidario une a los comensales, a fin de cuentas todos están en esa zona franca para escapar de las miradas persecutorias de allá afuera. La "variedad" empieza a eso de las once de la mañana y no para sino hasta la madrugada. De hecho, el menú está planeado para que uno se siga de frente. Después del postre vuelven a traer botanas y ofrecen una copa de la casa. Los baños tienen letreros de *tuchos* y *tuchas*, monos y monas, y hacia ellos se dirigen parroquianos progresivamente ebrios. La variedad fundamental son los albures que giran en tomo a la impotencia masculina y al nunca saciado apetito femenino. La gastronomía es parte esencial de los juegos de palabras: "dame tu pollo para mi panucho", "es mucho quesillo para tan poca longaniza", etcétera. En realidad, El Tucho es una copia moderna de La Prosperidad, un local que empezó vendiendo caldos para los crudos y creció en forma de palapa con pista de baile. Ahí la variedad también es elocuente de la psicología local: el sexo masculino es un pingüe condimento para los volcánicos guisos femeninos. Los primeros clientes llegan a rematar la borrachera del día anterior, luego se "asientan" el estómago con un escabeche oriental y ya en la tarde ven llegar a los zares de la coca (esclavas de oro y varios medallones sobre las guayaberas) y a las mujeres que cambian de mesas.

Fui a La Prosperidad con el historiador José Luis Sierra. Los amigos se habían referido a él en todos los tonos de la veneración. Al oírlo entendí por qué. Como el Naphta de Thomas Mann, mientras habla siempre tiene razón. No puedo imaginar que divague sobre algún tema; conversa con la pericia de quien está abriendo un expediente.

Entre otras cosas me habló de los variadísimos trafiques que hay en Yucatán:

—Aquí muchos viven del comercio, pero no venden cosas que ellos produzcan. Hay negocios que sólo sirven de fachada para importar mercancías, ¿has visto algún comprador en…? —y mencionó un almacén donde el trabajo de las empleadas de delantal lila consiste en esperar al cliente que nunca llegará—. Ese negocio parece un fracaso, pero sirve de plataforma para el trafique internacional. Se comercia con cualquier cosa, desde metales preciosos (generalmente importados con una licencia para traer chatarra) hasta semen de cebúes brasileños, pasando por medicinas de exportación. El yucateco es un maestro de la simpatía y las buenas maneras: vende confianza. Es un excelente intermediario; por eso no necesita producir para amasar fortunas, le basta cultivar a sus clientes.

Pensé en Yucatán como un bazar veloz: las mercancías llegan de muy lejos, pero sólo para desviarse hacia un destino imprevisible.

Al filo de las seis de la tarde, varios ligues parecían consolidarse en La Prosperidad.

–Aquí hay una doble moral –continuó José Luis–. La sociedad es represiva y permisiva al mismo tiempo: puedes hacer lo que quieras mientras no alteres las reglas del juego. Hace poco unas bailarinas de La Cascada, un cabaret de mala muerte, se presentaron a un concurso en un club "de sociedad", y ganaron. Los de la Casta Divina aplaudieron el espectáculo erótico pero se escandalizaron al saber que las bailarinas eran unas jarochas de La Cascada. Lo obsceno es estar fuera de lugar. Todo es cuestión de maneras; en el sitio correcto se permite lo que sea.

José Luis Sierra siguió hablando entre las canciones de la sexagenaria Lolina Torres. Algunas de sus historias han sido esparcidas en este libro con la técnica del *pavo huido*: queda el relleno pero el relator está fugado.

Miss Uganda

Estaba en un café de los portales cuando vi algo que parecía un torneo de caminata homosexual. Al frente iba un negrito, con notables quiebres de cadera, moviendo la mano derecha en círculo, como si tratara de abrir una caja fuerte.

—Mira nomás a *Miss* Uganda —dijo un señor en la mesa de la izquierda. Nadie más reparó en la *troupe gay*. Aquí "el amor que no se atreve a decir su nombre" es el de los heterosexuales sin iglesia.

Muchas de las conversaciones que escuché en los cafés giraban en torno a la complicada manera en que los yucatecos lidian con su libido:

—Aquí nadie faja en las calles, ni siquiera se toman de la mano —y alguien más hablaba de La Habana como de un gigantesco burdel para yucatecos y de los amantes que sólo se veían en los meses tórridos: julio y agosto, cuando las esposas y los niños se iban de *temporada* a las playas de Progreso—. El matrimonio es inquebrantable, así es que todo mundo trata de tener su amante, su *chuleta*.

—Aquí los hombres son como los teléfonos —terció una mujer—: o no funcionan o están ocupados. Más te vale ser *chuleta*.

Los homosexuales padecen menos persecuciones, aunque tampoco están libres de crítica. Varias veces me topé con un cartel que parecía resumir la teoría estética de Hemingway: "No se avergüence de ser hombre: usando el cabello como hombre, hablando como hombre, presentándose como hombre. Liga por la decencia. Grupo juvenil. Campaña por la recuperación del sexo."

Recuerdo futuro

Había llovido y todos llegamos con los zapatos en las manos. En Mérida no hay alcantarillas; la lluvia es tragada por la tierra seca. A veces esto tarda un poco y la gente camina sin inmutarse por calles que son ríos.

La reunión era mi despedida. Por primera vez no hice preguntas sobre Yucatán. Nos limitamos a comer, a platicar, a estar descalzos, un momento de esos que uno sabe que recordará en el futuro y que el sentimentalismo llama "inolvidables". Es la ventaja de las expresiones absolutas; no describen: simbolizan. La felicidad, ya lo sabemos, no tiene historia.

Equipaje

Antes de dejar el hotel revisé el cuarto: las reproducciones de Catherwood, los jabones Rosa Venus que habían pasado por mis manos, la llave que siempre se llevaba Sharon, una rubia honestamente oxigenada y ataviada con joyas de plástico (estuve a punto de pensar que su equivocación era intencional), la parrilla del aire acondicionado desprendida en cortes casi arqueológicos, la ropa que no usé, los periódicos de tres semanas que nunca faltan en los cuartos de los suicidas.

La pornolalia de las lavanderas llegaba del patio de abajo: "a José le gusta el 69", "pero si tiene SIDA".

Empacar me acarreó no sólo una nostalgia anticipada, sino serios predicamentos. El hermano de Guty Cárdenas, Armando, me había regalado varios discos de música yucateca producidos por el Banco del Atlántico (del que es gerente regional) y un bastidor con una foto de Pepe Domínguez. Luché para que la foto entrara en una maleta ya amorfa por un queso de bola y una docena de libros de la editorial Dante.

Dejé lo más importante para el final, la libreta azul de taquigrafía que a esas alturas del viaje lucía severamente sancochada. Varias noches había soñado que fray Diego le rociaba gasolina. La abrí al azar y en vez del tesoro anticipado encontré la palabra "trallectoria". Me encomendé a San Cristóbal, patrono de los navegantes, para que me devolviera la ortografía en el camino.

Salí del hotel convertido en la versión tropical de un refugiado húngaro. La maleta era lo de menos entre las bolsas repletas de avioncitos de petate de Halachó, *souvenirs* de henequén y folletería que juzgaba imprescindible para la redacción final del libro. Me di cuenta de que no había comprado hamacas y la reunión de triques me pareció moderadísima.

En la acera vi una cucaracha. Sólo entonces recordé que no se había cumplido la amenaza del primer día. Nunca he estado en el trópico sin tener escaramuzas con insectos; por lo visto, escribir un libro es el mejor repelente; basta que uno *necesite* un encuentro con la sabandija fatal para que no salga de su agujero. Hasta la solitaria cucaracha desapareció en cuanto sus antenas detectaron que alguien podía convertirla en regalías.

La casa junto al flamboyán

En Avenida Colón 501 está la casa donde vivió mi madre. Me detuve un rato frente a su fachada amarilla. Hace muchos años el balcón y el pequeño porche hacían pensar en Nueva Orleáns. Un flamboyán encendía el patio de entrada. Llamé a la puerta. Me sentía con todo el derecho sentimental de pasar a la casa. Sin embargo, a sus actuales propietarios les pareció poca cosa que yo fuera hijo de una niña lejanísima; con gran gentileza hicieron uso de la proverbial capacidad de los yucatecos para refutar el tiempo: me convirtieron en mi tío Poncho.

–Aquí es donde usted comía, mire: ahí al fondo estaba la mata de mango, ya sabe que la quemó un rayo, ¿verdad?

En un principio traté de aclarar que era la primera vez que subía las escaleras para ver el cuarto donde mi madre leía *El tesoro de la juventud*. Ella tenía diez años cuando salió de Mérida y habían pasado otros cuarenta y tres para que yo regresara. Pero no había modo de frenar a la dueña de la casa: me contó que "nuestra" cocinera seguía yendo todos los sábados a recordar los viejos tiempos.

—Se sienta ahí —señaló un banquito en el patio trasero— y habla de todo lo que hacía en la casa, de lo que comían usted y su hermanita.

Los sucesos mínimos de la casa habían permanecido en la mente de la cocinera durante cuarenta y tres años; visitaba el lugar de los hechos con la lealtad que sólo atribuimos a las épicas: el anciano capitán Hatteras caminando siempre al norte, el húsar mutilado que vuelve a Austerlitz.

—Perdone el desorden. Mi hija es azafata y acaba de llegar —sus tres hijos eran mayores que yo pero esto no impidió que preguntara—: ¿En qué trabajan sus hijos?

Salimos al balcón. Enfrente seguía en pie la casona que para mi madre representaba todo el lujo del mundo. Yo venía de una ciudad mutilada, con un paisaje en perpetua alteración, y de repente me encontraba en esa zona intacta, donde la mata de mango calcinada era la noticia desde hacía décadas.

Bajamos al primer piso.

—Hice este arco para tener más espacio. Perdón por modificar la casa.

Nos despedimos en el porche.

—¿Cómo dijo que se llamaba?

—Alfonso —contesté.

Vi la fachada hasta que escuché pisadas leves en dirección a la calle. Tenía que darme prisa. Aún así mantuve fija la mirada. Me iba a México, por muchos años, y no quería olvidar la casa. Los pasos llegaron a la reja de entrada. Era el momento de seguirlos.

Envío

Amanece en Yucatán. El viento agita las palmeras de San Bruno, recorre los portales de la vieja Nevería Milán, aligera los espesos humores de la ciénaga, pasa como un templado espejo por el cenote de Dzibilchaltún, llega a la plaza donde los tríos regresan de sus últimas serenatas y se asienta en el café donde Gualberto y Manzanero frotan mesas tempraneras. Es el viento que alza faldas –la blanca ciudad se motea de lencerías–, evita jonrones decisivos en el estadio Kukulcán, zumba en las cresterías Puuc, dispara ecos triangulares en Chichén, refugia a los *toj* en sus cavernas subterráneas, entra en espiral en el cenote de Valladolid, enfría los ranchos pobres, pule la tierra de viva laja, reconoce Yucatán, la península más nueva del mundo, se estrella y desfigura en las moles coloniales, se reconstruye en las escalinatas de la gran pirámide, barre la costa con un anuncio de lluvia y aviones de despegue rápido, gira, se disipa, recomienza y silba entre las palmeras despeinadas. El viento que se va, acaba de volver.

Mérida, mayo de 1988.

Ciudad de México, junio-septiembre de 1988.

ÍNDICE

En sus libros, **Juan Villoro** (Ciudad de México, 1956) ha desarrollado una prosa inconfundible que ha merecido algunos de los premios más importantes del territorio hispanoamericano: el Xavier Villaurrutia, el Mazatlán, el Jorge Herralde, el Vázquez Montalbán, el Antonin Artaud, el Internacional de Periodismo Rey de España y el José Donoso. Entre sus obras se encuentra la novela *El testigo*, las crónicas de *Safari accidental*, los ensayos de *Efectos personales* y el libro infantil *El profesor Zíper y la fabulosa guitarra eléctrica*. Editorial Almadía ha publicado su novela breve *Llamadas de Ámsterdam*, las crónicas de *Palmeras de la brisa rápida* (2009) y *8.8: El miedo en el espejo* (2010), los libros de cuento *Los culpables* (2007), *¿Hay vida en la Tierra?* (2012) y *El Apocalipsis (todo incluido)* (2014), el libro infantil *El fuego tiene vitaminas* (2014), ilustrado por Juan Gedovius, las fábulas políticas de *Funerales preventivos* (2015), acompañadas por caricaturas de Rogelio Naranjo, y el texto dramático *Conferencia sobre la lluvia* (2013).